经典悦读之旅

茶馆

老舍/著

U1007981

中国青年出版社

图书在版编目（CIP）数据

茶馆 / 老舍著. -- 北京 : 中国青年出版社,2024.5
ISBN 978-7-5153-7138-2

Ⅰ. ①茶… Ⅱ. ①老… Ⅲ. ①话剧剧本－中国－现代 Ⅳ. ①I234

中国国家版本馆CIP数据核字(2024)第007015号

书　　名：茶馆
作　　者：老舍

责任编辑：彭宇珂
书籍设计：煦合设计
出版发行：中国青年出版社
社　　址：北京市东城区东四十二条21号
网　　址：www.cyp.com.cn
编辑中心：010-57350520
营销中心：010-57350370
经　　销：新华书店
印　　刷：济宁华兴印务有限责任公司
规　　格：670mm×955mm 1/16
印　　张：11.5
字　　数：120千字
版　　次：2024年5月北京第1版
印　　次：2024年5月山东第1次印刷
印　　数：1—10000册
定　　价：29.80元

如有印装质量问题，请凭购书发票与质检部联系调换。联系电话：010-57350337

名师导航

·作品速览·

《茶馆》结构上分三幕，以老北京一家叫裕泰的茶馆的兴衰变迁为背景，展示了从清末戊戌维新失败后、民国初年北洋军阀割据时期、国民党政权覆灭前夕三个时代的生活场景，概括了中国社会各阶层、几种势力的尖锐对立和冲突，揭示了半封建、半殖民地中国的历史命运。

《龙须沟》描写了北京一个小杂院四户人家在社会变革中的不同遭遇，表现了新旧时代的巨大变化。剧中塑造了程疯子、王大妈、二春、赵老头等各具特色的人物形象，尤其是主人公程疯子在旧社会由艺人变成“疯子”，新社会又从“疯子”变为艺人，反映了中国人民解放前后的不同命运，体现了人民政府为人民的中心思想以及人民对党、对政府的拥护和热爱。

·创作背景·

《茶馆》的写作初衷是为了配合中华人民共和国第一部宪法的宣传。当时老舍写了一个四幕六场的话剧，戏里人物众多，由光绪年间一直写到解放前夕。初稿拿到北京人艺，院长曹禺、总导演焦菊隐等人，感觉这部作品最精彩的是第一幕第二场发生在一家旧茶馆里的戏，觉得应当以这场戏为基础，另起炉灶，写个描绘旧时代社会面貌的戏。老舍接受了这个建议，于是有了《茶馆》的诞生。

《龙须沟》的诞生，缘于当年轰动北京的修建龙须沟下水道工程。刚刚解放，好多人不了解共产党是怎么回事。通过这件事，老百姓了解了共产党。1949 年 12 月老舍回京以后，面对北京城翻天覆地的变化，受到极大鼓舞。周总理鼓励他：多为人民写作，多写北京城的变化。为了写龙须沟，老舍不顾自己的腿疾和盛夏的炎热，深入龙须沟察访，创作了三幕话剧《龙须沟》。

· 人物小站 ·

《茶馆》剧中人物：

王利发

王利发是裕泰茶馆的掌柜，也是贯穿全剧的人物。在黑暗的旧中国，尽管王利发善于应酬，善于经营，不断改良，却无法抵御各种反动势力的欺压，最终没能逃脱破产的命运。

常四爷

常四爷正直，善良，敢作敢为，富有正义感，做了很多好事，但最后穷困潦倒，绝望地喊出：“我爱咱们的国呀，可是谁爱我呢？”这个形象代表了不甘受奴役的中国人，反映出旧中国人民的反抗情绪。

秦仲义

秦仲义是裕泰茶馆的房东，是维新运动后出现在政治舞台上的新生民族资本家。他天真地认为，可以用经济竞争的手段，把国家经济命脉掌握在中国人手里，就能战胜外国人，救国救民。但他惨淡经营了几十年的“实业”却被国民党政府没收了，最终心如死灰……

《龙须沟》剧中人物：

程疯子

他是一个在旧社会深受欺辱、饱受迫害的曲艺艺人，由于长期的精神和生活上的压力，他的精神已经有些失常，最终在新社会获得新生。

赵老头

他性格耿直，立场坚定，刚毅，富有正义感，有反抗精神，是工人阶级的代表。解放后，他成了群众的带头人，担任龙须沟治安委员，认真执行党的政策，教育改造坏人。

妇女们

王大妈母女是剧中两代妇女、两种性格的典型形象。王大妈受旧思想束缚较重，迷信、守旧，把自己的苦难看成是命运。后来，她终于思想开化，转变过来了。女儿二春是新中国年轻一代妇女的典型代表。

程娘子是中年妇女的形象。她虽然不如二春那样积极、富有热情，但也不像王大妈那么守旧。因此，她的转变要比王大妈来得快。

目录

茶　馆

（三幕话剧）

人物

王利发——男。最初与我们见面，他才二十多岁。因父亲早死，他很年轻就作了裕泰茶馆的掌柜。精明、有些自私，而心眼不坏。

唐铁嘴——男。三十来岁。相面为生，吸鸦片。

松二爷——男。三十来岁。胆小而爱说话。

常四爷——男。三十来岁。松二爷的好友，都是裕泰的主顾。正直，体格好。

李　三——男。三十多岁。裕泰的跑堂的。勤恳，心眼好。

二德子——男。二十多岁。善扑营当差。

马五爷——男。三十多岁。吃洋教的小恶霸。

刘麻子——男。三十来岁。说媒拉纤，心狠意毒。

康　六——男。四十岁。京郊贫农。

黄胖子——男。四十多岁。流氓头子。

秦仲义——男。王掌柜的房东。在第一幕里二十多岁。阔少，后来成了维新的资本家。

老　人——男。八十二岁。无倚无靠。

乡　妇——女。三十多岁。穷得出卖小女儿。

小　妞——女。十岁。乡妇的女儿。

庞太监——男。四十岁。发财之后，想娶老婆。

小牛儿——男。十多岁。庞太监的书童。

宋恩子——男。二十多岁。老式特务。

吴祥子——男。二十多岁。宋恩子的同事。

康顺子——女。在第一幕中十五岁。康六的女儿。被卖给庞太监为妻。

王淑芬——女。四十来岁。王利发掌柜的妻。比丈夫更公平正直些。

巡　警——男。二十多岁。

报　童——男。十六岁。

康大力——男。十二岁。庞太监买来的义子，后与康顺子相依为命。

老　林——男。三十多岁。逃兵。

老　陈——男。三十岁。逃兵。老林的把弟。

崔久峰——男。四十多岁。作过国会议员，后来修道，住在裕泰附设的公寓里。

军　官——男。三十岁。

王大拴——男。四十岁左右，王掌柜的长子。为人正直。

周秀花——女。四十岁。大拴的妻。

王小花 —— 女。十三岁。大拴的女儿。

丁　宝 —— 女。十七岁。女招待。有胆有识。

小刘麻子 —— 男。三十多岁。刘麻子之子，继承父业而发展之。

取电灯费的 —— 男。四十多岁。

小唐铁嘴 —— 男。三十多岁。唐铁嘴之子，继承父业，有作天师的愿望。

明师傅 —— 男。五十多岁。包办酒席的厨师傅。

邹福远 —— 男。四十多岁。说评书的名手。

卫福喜 —— 男。三十多岁。邹的师弟，先说评书，后改唱京戏。

方　六 —— 男。四十多岁。打小鼓的，奸诈。

车当当 —— 男。三十岁左右。买卖现洋为生。

庞四奶奶 —— 女。四十岁。丑恶，要作皇后。庞太监的四侄媳妇。

春　梅 —— 女。十九岁。庞四奶奶的丫环。

老　杨 —— 男。三十多岁。卖杂货的。

小二德子 —— 男。三十岁。二德子之子，打手。

于厚斋 —— 男。四十多岁。小学教员，王小花的老师。

谢勇仁 —— 男。三十多岁。与于厚斋同事。

小宋恩子 —— 男。三十来岁。宋恩子之子，承袭父业，作特务。

小吴祥子 —— 男。三十来岁。吴祥子之子，世袭特务。

小心眼 —— 女。十九岁。女招待。

沈处长 —— 男。四十岁。宪兵司令部某处处长。

茶客若干人，都是男的。

茶房一两个，都是男的。

难民数人，有男有女，有老有少。

大兵三、五人，都是男的。

公寓住客数人，都是男的。

押大令的兵七人，都是男的。

宪兵四人。男。

傻 杨 —— 男。数来宝的。

第一幕

人　物　王利发、刘麻子、庞太监、唐铁嘴、康六、小牛儿、松二爷、黄胖子、宋恩子、常四爷、秦仲义、吴祥子、李三、老人、康顺子、二德子、乡妇、茶客甲、乙、丙、丁、马五爷、小妞、茶房一、二人。

时　间　一八九八年（戊戌）初秋，康梁等的维新运动失败了。早半天。

地　点　北京，裕泰大茶馆。

〔**幕启：**这种大茶馆现在已经不见了。在几十年前，每城都起码有一处。这里卖茶，也卖简单的点心与菜饭。玩鸟的人们，每天在蹓够了画眉、黄鸟等之后，要到这里歇歇腿，喝喝茶，并使鸟儿表演歌唱。商议事情的，说媒拉纤的，也到这里来。那年月，时常有打群架的，但是总会有朋友出头给双方调解；三五十口子打手，经调人东说西说，便都喝碗茶，吃碗烂肉面（**大茶馆特殊的食品，价钱便宜，作起来快当**），就可以化干戈为玉帛了。总之，这是当日非常重要的地方，有事无事都可以来坐半天。

〔在这里，可以听到最荒唐的新闻，如某处的大蜘蛛怎么成了精，受到雷击。奇怪的意见也在这里可以听到，像把海边上都修上大墙，就足以挡住洋兵上岸。这里还可以听到某京戏演员新近创造了什么腔儿，和煎熬鸦片烟的最好的方法。这里也可以看到某人新得到的奇珍——一个出土的玉扇坠儿，或三彩的鼻烟壶。这真是个重要的地方，简直可以算作文化交流的所在。

〔我们现在就要看见这样的一座茶馆。

〔一进门是柜台与炉灶——为省点事，我们的舞台上可以不要炉灶；后面有些锅勺的响声也就够了。屋子非常高大，摆着长桌与方桌，长凳与小凳，都是茶座儿。隔窗可见后院，高搭着凉棚，棚下也有茶座儿。屋里和凉棚下都有挂鸟笼的地方。各处都贴着“莫谈国事”的纸条。

〔有两位茶客，不知姓名，正眯着眼，摇着头，拍板低唱。有两三位茶客，也不知姓名，正入神地欣赏瓦罐里的蟋蟀。两位穿灰色大衫的——宋恩子与吴祥子，正低声地谈话，看样子他们是北衙门的办案的（侦缉）。

〔今天又有一起打群架的，据说是为了争一只家鸽，惹起非用武力解决不可的纠纷。假若真打起来，非出人命不可，因为被约的打手中包括着善扑营的哥儿们和库兵，身手都十分厉害。好在，不能真打起来，因为在双方还没把打手约齐，已有人出面调停了——现在双方在这里会面。三三两两的打手，都横眉立目，短打扮，随时进来，往后院去。

〔马五爷在不惹人注意的角落，独自坐着喝茶。

〔王利发高高地坐在柜台里。

〔唐铁嘴趿拉着鞋，身穿一件极长极脏的大布衫，耳上夹着几张小纸片，进来。

王利发　唐先生，你外边蹓蹓吧！

唐铁嘴　（惨笑）王掌柜，捧捧唐铁嘴吧！送给我碗茶喝，我就先给您相相面吧！手相奉送，不取分文！（不容分说，拉过王利发的手来）今年是光绪二十四年，戊戌。您贵庚是……

王利发　（夺回手去）算了吧，我送给你一碗茶喝，你就甭卖那套生意口啦！用不着相面，咱们既在江湖内，都是苦命人！（由柜台内走出，让唐铁嘴坐下）坐下！我告诉你，你要是不戒了大烟，就永远交不了好运！这是我的相法，比你的更灵验！

〔松二爷和常四爷都提着鸟笼进来，王利发向他们打招呼。他们先把鸟笼子挂好，找地方坐下。松二爷文绉绉的，提着小黄鸟笼；常四爷雄赳赳的，提着大而高的画眉笼。茶房李三赶紧过来，沏上盖碗茶。他们自带茶叶。茶沏好，松二爷、常四爷向邻近的茶座让了让。

松二爷
常四爷　您喝这个！（然后，往后院看了看）

松二爷　好像又有事儿？

常四爷　反正打不起来！要真打的话，早到城外头去啦；到茶馆来干吗？

〔二德子，一位打手，恰好进来，听见了常四爷的话。

二德子　（凑过去）你这是对谁甩闲话呢？

常四爷　（不肯示弱）你问我哪？花钱喝茶，难道还教谁管着吗？

松二爷　（打量了二德子一番）我说这位爷，您是营里当差的吧？来，坐下喝一碗，我们也都是外场人。

二德子　你管我当差不当差呢！

常四爷　要抖威风，跟洋人干去，洋人厉害！英法联军烧了圆明园，尊家吃着官饷，可没见您去冲锋打仗！

二德子　甭说打洋人不打，我先管教管教你！（要动手）

〔别的茶客依旧进行他们自己的事。王利发急忙跑过来。

王利发　哥儿们，都是街面上的朋友，有话好说。德爷，您后边坐！

〔二德子不听王利发的话，一下子把一个盖碗搂下桌去，摔碎。翻手要抓常四爷的脖领。

常四爷　（闪过）你要怎么着？

二德子　怎么着？我碰不了洋人，还碰不了你吗？

马五爷　（并未立起）二德子，你威风啊！

二德子　（四下扫视，看到马五爷）喝，马五爷，您在这儿哪？我可眼拙，没看见您！（过去请安）

马五爷　有什么事好好地说，干吗动不动地就讲打？

二德子　嗻！您说的对！我到后头坐坐去。李三，这儿的茶钱我候啦！（往后面走去）

常四爷　（凑过来，要对马五爷发牢骚）这位爷，您圣明，您给评评理！

马五爷　（立起来）我还有事，再见！（走出去）

常四爷　（对王利发）邪！这倒是个怪人！

王利发　您不知道这是马五爷呀！怪不得您也得罪了他！

常四爷　我也得罪了他？我今天出门没挑好日子！

王利发　（低声地）刚才您说洋人怎样，他就是吃洋饭的。信洋教，说洋话，有事情可以一直地找宛平县的县太爷去，要不怎么连官面上都不惹他呢！

常四爷　（往原处走）哼，我就不佩服吃洋饭的！

王利发　（向宋恩子、吴祥子那边稍一歪头，低声地）说话请留点神！（大声地）李三，再给这儿沏一碗来！（拾起地上的碎磁片）

松二爷　盖碗多少钱？我赔！外场人不作老娘们事！

王利发　不忙，待会儿再算吧！（走开）

〔纤手刘麻子领着康六进来。刘麻子先向松二爷、常四爷打招呼。

刘麻子　您二位真早班儿！（掏出鼻烟壶，倒烟）您试试这个！刚装来的，地道英国造，又细又纯！

常四爷　唉！连鼻烟也得从外洋来！这得往外流多少银子啊！

刘麻子　咱们大清国有的是金山银山，永远花不完！您坐着，我

办点小事！（领康六找了个座儿）

〔李三拿过一碗茶来。

刘麻子　说说吧，十两银子行不行？你说干脆的！我忙，没工夫专伺候你！

康　六　刘爷！十五岁的大姑娘，就值十两银子吗？

刘麻子　卖到窑子去，也许多拿一两八钱的，可是你又不肯！

康　六　那是我的亲女儿！我能够……

刘麻子　有女儿，你可养活不起，这怪谁呢？

康　六　那不是因为乡下种地的都没法子混了吗？一家大小要是一天能吃上一顿粥，我要还想卖女儿，我就不是人！

刘麻子　那是你们乡下的事，我管不着。我受你之托，教你不吃亏，又教你女儿有个吃饱饭的地方，这还不好吗？

康　六　到底给谁呢？

刘麻子　我一说，你必定从心眼里乐意！一位在宫里当差的！

康　六　宫里当差的谁要个乡下丫头呢？

刘麻子　那不是你女儿的命好吗？

康　六　谁呢？

刘麻子　庞总管！你也听说过庞总管吧？侍候着太后，红的不得了，连家里打醋的瓶子都是玛瑙作的！

康　六　刘大爷，把女儿给太监作老婆，我怎么对得起人呢？

刘麻子　卖女儿，无论怎么卖，也对不起女儿！你糊涂！你看，姑娘一过门，吃的是珍馐美味，穿的是绫罗绸缎，这不是造化吗？怎样，摇头不算点头算，来个干脆的！

康　六　自古以来，哪有……他就给十两银子？

刘麻子　找遍了你们全村儿，找得出十两银子找不出？在乡下，五斤白面就换个孩子，你不是不知道！

康　六　我，唉！我得跟姑娘商量一下！

刘麻子　告诉你，过了这个村可没有这个店，耽误了事别怨我！快去快来！

康　六　唉！我一会儿就回来！

刘麻子　我在这儿等着你！

康　六　（慢慢地走出去）

刘麻子　（凑到松二爷、常四爷这边来）乡下人真难办事，永远没有个痛痛快快！

松二爷　这号生意又不小吧？

刘麻子　也甜不到哪儿去，弄好了，赚个元宝！

常四爷　乡下是怎么了？会弄得这么卖儿卖女的！

刘麻子　谁知道！要不怎么说，就是一条狗也得托生在北京城里嘛！

常四爷　刘爷，您可真有个狠劲儿，给拉拢这路事！

刘麻子　我要不分心，他们还许找不到买主呢！（忙岔话）松二爷（掏出个小时表来），您看这个！

松二爷　（接表）好体面的小表！

刘麻子　您听听，嘎登嘎登地响！

松二爷　（听）这得多少钱？

刘麻子　您爱吗？就让给您！一句话，五两银子！您玩够了，不爱再要了，我还照数退钱！东西真地道，传家的玩艺！

常四爷　我这儿正咂摸这个味儿：咱们一个人身上有多少洋玩艺儿啊！老刘，就看你身上吧：洋鼻烟，洋表，洋缎大衫，洋布裤褂……

刘麻子　洋东西可是真漂亮呢！我要是穿一身土布，像个乡下脑壳，谁还理我呀！

常四爷　我老觉乎着咱们的大缎子，川绸，更体面！

刘麻子　松二爷，留下这个表吧，这年月，戴着这么好的洋表，会教人另眼看待！是不是这么说，您哪？

松二爷　（真爱表，但又嫌贵）我……

刘麻子　您先戴两天，改日再给钱！

〔黄胖子进来。

黄胖子　（严重的砂眼，看不清楚，进门就请安）哥儿们，都瞧我啦！我请安了！都是自己弟兄，别伤了和气呀！

王利发　这不是他们，他们在后院哪！

黄胖子　我看不大清楚啊！掌柜的，预备烂肉面。有我黄胖子，谁也打不起来！（往里走）

二德子　（出来迎接）两边已经见了面，您快来吧！

〔二德子同黄胖子入内。

〔茶房们一趟又一趟地往后面送茶水。老人进来，拿着些牙签、胡梳、耳挖勺之类的小东西，低着头慢慢地挨着茶座儿走；没人买他的东西。他要往后院去，被李三截住。

李　三　老大爷，您外边蹓蹓吧！后院里，人家正说和事呢，没人买您的东西！（顺手儿把剩茶递给老人一碗）

松二爷　（低声地）李三！（指后院）他们到底为了什么事，要这么拿刀动杖的？

李　三　（低声地）听说是为一只鸽子。张宅的鸽子飞到了李宅去，李宅不肯交还……唉，咱们还是少说话好，（问老人）老大爷您高寿啦？

老　人　（喝了茶）多谢！八十二了，没人管！这年月呀，人还不如一只鸽子呢！唉！（慢慢走出去）

〔秦仲义，穿得很讲究，满面春风，走进来。

王利发　哎哟！秦二爷，您怎么这样闲在，会想起下茶馆来了？也没带个底下人？

秦仲义　来看看，看看你这年轻小伙子会作生意不会！

王利发　唉，一边作一边学吧，指着这个吃饭嘛。谁叫我爸爸死的早，我不干不行啊！好在照顾主儿都是我父亲的老朋友，我有不周到的地方，都肯包涵，闭闭眼就过去了。在街面上混饭吃，人缘儿顶要紧。我按着我父亲遗留下的老办法，多说好话，多请安，讨人人的喜欢，就不会出大岔子！您坐下，我给您沏碗小叶茶去！

秦仲义　我不喝！也不坐着！

王利发　坐一坐！有您在我这儿坐坐，我脸上有光！

秦仲义　也好吧！（坐）可是，用不着奉承我！

王利发　李三，沏一碗高的来！二爷，府上都好？您的事情都顺心吧？

秦仲义　不怎么太好！

王利发　您怕什么呢？那么多的买卖，您的小手指头都比我的腰还粗！

唐铁嘴　（凑过来）这位爷好相貌，真是天庭饱满，地阁方圆，虽无宰相之权，而有陶朱之富！

秦仲义　躲开我！去！

王利发　先生，你喝够了茶，该外边活动活动去！（把唐铁嘴轻轻推开）

唐铁嘴　唉！（垂头走出去）

秦仲义　小王，这儿的房租是不是得往上提那么一提呢？当年你爸爸给我的那点租钱，还不够我喝茶用的呢！

王利发　二爷，您说的对，太对了！可是，这点小事用不着您分心，您派管事的来一趟，我跟他商量，该长多少租钱，我一定照办！是！嗻！

秦仲义　你这小子，比你爸爸还滑！哼，等着吧，早晚我把房子收回去！

王利发　您甭吓唬着我玩，我知道您多么照应我，心疼我，决不会叫我挑着大茶壶，到街上卖热茶去！

秦仲义　你等着瞧吧！

〔乡妇拉着个十来岁的小妞进来。小妞的头上插着一根草标。李三本想不许她们往前走，可是心中一难过，没管。她们俩慢慢地往里走。茶客们忽然都停止说笑，看着她们。

小　妞　（走到屋子中间，立住）妈，我饿！我饿！

〔乡妇呆视着小妞，忽然腿一软，坐在地上，掩面低泣。

秦仲义　（对王利发）轰出去！

王利发　是！出去吧，这里坐不住！

乡　妇　哪位行行好？要这个孩子，二两银子！

常四爷　李三，要两个烂肉面，带她们到门外吃去！

李　三　是啦！（过去对乡妇）起来，门口等着去，我给你们端面来！

乡　妇　（立起，抹泪往外走，好像忘了孩子；走了两步，又转回身来，搂住小妞吻她）宝贝！宝贝！

王利发　快着点吧！

〔乡妇、小妞走出去。李三随后端出两碗面去。

王利发　（过来）常四爷，您是积德行好，赏给她们面吃！可是，我告诉您：这路事儿太多了，太多了！谁也管不了！（对秦仲义）二爷，您看我说的对不对？

常四爷　（对松二爷）二爷，我看哪，大清国要完！

秦仲义　（老气横秋地）完不完，并不在乎有人给穷人们一碗面吃没有。小王，说真的，我真想收回这里的房子！

王利发　您别那么办哪，二爷！

秦仲义　我不但收回房子，而且把乡下的地，城里的买卖也都卖了！

王利发　那为什么呢？

秦仲义　把本钱拢在一块儿，开工厂！

王利发　开工厂？

秦仲义　嗯，顶大顶大的工厂！那才救得了穷人，那才能抵制外货，那才能救国！（对王利发说而眼看着常四爷）唉，我跟你说这些干什么，你不懂！

王利发　您就专为别人，把财产都出手，不顾自己了吗？

秦仲义　你不懂！只有那么办，国家才能富强！好啦，我该走啦。我亲眼看见了，你的生意不错，你甭再要无赖，不长房钱！

王利发　您等等，我给您叫车去！

秦仲义　用不着，我愿意蹓跶蹓跶！

〔秦仲义往外走，王利发送。

〔小牛儿搀着庞太监走进来。小牛儿提着水烟袋。

庞太监　哟！秦二爷！

秦仲义　庞老爷！这两天您心里安顿了吧？

庞太监　那还用说吗？天下太平了：圣旨下来，谭嗣同问斩！告诉您，谁敢改祖宗的章程，谁就掉脑袋！

秦仲义　我早就知道！

〔茶客们忽然全静寂起来，几乎是闭住呼吸地听着。

庞太监　您聪明，二爷，要不然您怎么发财呢！

秦仲义　我那点财产，不值一提！

庞太监　太客气了吧？您看，全北京城谁不知道秦二爷！您比作官的还厉害呢！听说呀，好些财主都讲维新！

秦仲义　不能这么说，我那点威风在您的面前可就施展不出来了！哈哈哈！

庞太监　说得好，咱们就八仙过海，各显其能吧！哈哈哈！

秦仲义　改天过去给您请安，再见！（下）

庞太监　（自言自语）哼，凭这么个小财主也敢跟我逗嘴皮子，年头真是改了！（问王利发）刘麻子在这儿哪？

王利发　总管，您里边歇着吧！

〔刘麻子早已看见庞太监，但不敢靠近，怕打搅了庞太监、秦仲义的谈话。

刘麻子　喝，我的老爷子！您吉祥！我等了您好大半天了！（搀庞太监往里面走）

〔宋恩子、吴祥子过来请安，庞太监对他们耳语。

〔众茶客静默了一阵之后，开始议论纷纷。

茶客甲　谭嗣同是谁？

茶客乙　好像听说过！反正犯了大罪，要不，怎么会问斩呀！

茶客丙　这两三个月了，有些作官的，念书的，乱折腾乱闹，咱们怎能知道他们捣的什么鬼呀！

茶客丁　得！不管怎么说，我的铁杆庄稼又保住了！姓谭的，还有那个康有为，不是说叫旗兵不关钱粮，去自谋生计吗？心眼多毒！

茶客丙　一份钱粮倒叫上头克扣去一大半，咱们也不好过！

茶客丁　那总比没有强啊！好死不如赖活着，叫我去自己谋生，非死不可！

王利发　诸位主顾，咱们还是莫谈国事吧！

〔大家安静下来，都又各谈各的事。

庞太监　（已坐下）怎么说？一个乡下丫头，要二百银子？

刘麻子　（侍立）乡下人，可长得俊呀！带进城来，好好地一打扮、调教，准保是又好看，又有规矩！我给您办事，比给我亲爸爸作事都更尽心，一丝一毫不能马虎！

〔唐铁嘴又回来了。

王利发　铁嘴，你怎么又回来了？

唐铁嘴　街上兵荒马乱的，不知道是怎么回事！

庞太监　还能不搜查搜查谭嗣同的余党吗？唐铁嘴，你放心，没人抓你！

唐铁嘴　嗻，总管，您要能赏给我几个烟泡儿，我可就更有出息了！

〔有几个茶客好像预感到什么灾祸，一个个往外溜。

松二爷　咱们也该走啦吧！天不早啦！

常四爷　嗻！走吧！

〔二灰衣人——宋恩子和吴祥子走过来。

宋恩子　等等！

常四爷　怎么啦？

宋恩子　刚才你说“大清国要完”？

常四爷　我，我爱大清国，怕它完了！

吴祥子　（对松二爷）你听见了？他是这么说的吗？

松二爷　哥儿们，我们天天在这儿喝茶。王掌柜知道：我们都是地道老好人！

吴祥子　问你听见了没有？

松二爷　那，有话好说，二位请坐！

宋恩子　你不说，连你也锁了走！他说“大清国要完”，就是跟谭嗣同一党！

松二爷　我，我听见了，他是说……

宋恩子　（对常四爷）走！

常四爷　上哪儿？事情要交代明白了啊！

宋恩子　你还想拒捕吗？我这儿可带着“王法”呢！（掏出腰中带着的铁链子）

常四爷　告诉你们，我可是旗人！

吴祥子　旗人当汉奸，罪加一等！锁上他！

常四爷　甭锁，我跑不了！

宋恩子　量你也跑不了！（对松二爷）你也走一趟，到堂上实话实说，没你的事！

〔黄胖子同三五个人由后院过来。

黄胖子　得啦，一天云雾散，算我没白跑腿！

松二爷　黄爷！黄爷！

黄胖子　（揉揉眼）谁呀？

松二爷　我！松二！您过来，给说句好话！

黄胖子　（看清）哟，宋爷，吴爷，二位爷办案哪？请吧！

松二爷　黄爷，帮帮忙，给美言两句！

黄胖子　官厅儿管不了的事，我管！官厅儿能管的事呀，我不便多嘴！（问大家）是不是？

众　　　嗻！对！

〔宋恩子、吴祥子带着常四爷、松二爷往外走。

松二爷　（对王利发）看着点我们的鸟笼子！

王利发　您放心，我给送到家里去！

〔常四爷、松二爷、宋恩子、吴祥子同下。

黄胖子　（唐铁嘴告以庞太监在此）哟，老爷在这儿哪？听说要安份儿家，我先给您道喜！

庞太监　等吃喜酒吧！

黄胖子　您赏脸！您赏脸！（下）

〔乡妇端着空碗进来，往柜上放。小妞跟进来。

小　妞　妈！我还饿！

王利发　唉！出去吧！

乡　妇　走吧，乖！

小　妞　不卖妞妞啦？妈！不卖啦？妈！

乡　妇　乖！（哭着，携小妞下）

〔康六带着康顺子进来，立在柜台前。

康　六　姑娘！顺子！爸爸不是人，是畜生！可你叫我怎办呢？你不找个吃饭的地方，你饿死！我不弄到手儿两银子，就得叫东家活活地打死！你呀，顺子，认命吧，积德吧！

康顺子　我，我……（说不出话来）

刘麻子　（跑过来）你们回来啦？点头啦？好！来见见总管！给总管磕头！

康顺子　我……（要晕倒）

康　六　（扶住女儿）顺子！顺子！

刘麻子　怎么啦？

康　六　又饿又气，昏过去了！顺子！顺子！

庞太监　我要活的，可不要死的！

〔静场。

茶客甲　（正与茶客乙下象棋）将！你完啦！

——幕落

第二幕

人　物　王淑芬、报童、康顺子、李三、常四爷、康大力、王利发、松二爷、老林、难民数人、宋恩子、老陈、巡警、吴祥子、崔久峰、押大令的兵七人、公寓住客二三人、军官、唐铁嘴、刘麻子、大兵三五人。

时　间　与前幕相隔十余年，现在是袁世凯死后，帝国主义指使中国军阀进行割据，时时发动内战的时候。初夏，上午。

地　点　同前幕。

〔**幕启：** 北京城内的大茶馆已先后相继关了门。“裕泰”是硕果仅存的一家了，可是为避免被淘汰，它已改变了样子与作风。现在，它的前部仍然卖茶，后部却改成了公寓。前部只卖茶和瓜子什么的；“烂肉面”等等已成为历史名词。厨房挪到后边去，专包公寓住客的伙食。茶座也大加改良：一律是小桌与藤椅，桌上铺着浅绿桌布。墙上的“醉八仙”大画，连财神龛，均已撤去，代以时装美人——外国香烟公司的广告画。“莫谈国事”的纸条可是保存了下来，而且字写的更大。王利发真像个“圣之时者也”，不但没使“裕泰”

灭亡，而且使它有了新的发展。

〔因为修理门面，茶馆停了几天营业，预备明天开张。王淑芬正和李三忙着布置，把桌椅移了又移，摆了又摆，以期尽善尽美。

〔王淑芬梳时行的圆髻，而李三却还带着小辫儿。

〔二三学生由后面来，与他们打招呼，出去。

王淑芬　（看李三的辫子碍事）三爷，咱们的茶馆改了良，你的小辫儿也该剪了吧？

李　三　改良！改良！越改越凉，冰凉！

王淑芬　也不能那么说！三爷你看，听说西直门的德泰，北新桥的广泰，鼓楼前的天泰，这些大茶馆全先后脚儿关了门！只有咱们裕泰还开着，为什么？不是因为拴子的爸爸懂得改良吗？

李　三　哼！皇上没啦，总算大改良吧？可是改来改去，袁世凯还是要作皇上。袁世凯死后，天下大乱，今儿个打炮，明儿个关城，改良？哼！我还留着我的小辫儿，万一把皇上改回来呢！

王淑芬　别顽固啦，三爷！人家给咱们改了民国，咱们还能不随着走吗？你看，咱们这么一收拾，不比以前干净，好看？专招待文明人，不更体面？可是，你要还带着小辫儿，看着多么不顺眼哪！

李　三　太太，你觉得不顺眼，我还不顺心呢！

王淑芬　哟，你不顺心？怎么？

李　三　你还不明白？前面茶馆，后面公寓，全仗着掌柜的跟我两个人，无论怎么说，也忙不过来呀！

王淑芬　前面的事归他，后面的事不是还有我帮助你吗？

李　三　就算有你帮助，打扫二十来间屋子，侍候二十多人的伙食，还要沏茶灌水，买东西送信，问问你自己，受得了受不了！

王淑芬　三爷，你说的对！可是呀，这兵荒马乱的年月，能有个事儿作也就得念佛！咱们都得忍着点！

李　三　我干不了！天天睡四、五个钟头的觉，谁也不是铁打的！

王淑芬　唉！三爷，这年月谁也舒服不了！你等着，大拴子暑假就高小毕业，二拴子也快长起来，他们一有用处，咱们可就清闲点啦。从老王掌柜在世的时候，你就帮助我们，老朋友，老伙计啦！

〔王利发老气横秋地从后面进来。

李　三　老伙计？二十多年了，他们可给我长过工钱？什么都改良，为什么工钱不跟着改良呢？

王利发　哟！你这是什么话呀？咱们的买卖要是越作越好，我能不给你长工钱吗？得了，明天咱们开张，取个吉利，先别吵嘴，就这么办吧！All right?[1]

李　三　就怎么办啦？不改我的良，我干不下去啦！

〔后面叫：李三！李三！

王利发　崔先生叫，你快去！咱们的事，有工夫再细研究！

李　三　哼！

王淑芬　我说，昨天就关了城门，今儿个还说不定关不关，三爷，这里的事交给掌柜的，你去买点菜吧！别的不说，咸菜总得买下点呀！

〔后面又叫：李三！李三！

李　三　对，后边叫，前边催，把我劈成两半儿好不好！（忿忿地往后走）

王利发　拴子的妈，他岁数大了点，你可得……

王淑芬　他抱怨了大半天了！可是抱怨的对！当着他，我不便直说；对你，我可得说实话：咱们得添人！

王利发　添人得给工钱，咱们赚得出来吗？我要是会干别的，可是还开茶馆，我是孙子！

---

[1] "All right"在这里是"好吧"的意思。

〔远处隐隐有炮声。

王利发　听听，又他妈的开炮了！你闹，闹！明天开得了张才怪！这是怎么说的！

王淑芬　明白人别说糊涂话，开炮是我闹的？

王利发　别再瞎扯，干活儿去！嘿！

王淑芬　早晚不是累死，就得叫炮轰死，我看透了！（慢慢地往后边走）

王利发　（温和了些）拴子的妈，甭害怕，开过多少回炮，一回也没打死咱们，北京城是宝地！

王淑芬　心哪，老跳到嗓子眼里，宝地！我给三爷拿菜钱去。（下）

〔一群男女难民在门外央告。

难　民　掌柜的，行行好，可怜可怜吧！

王利发　走吧，我这儿不打发，还没开张！

难　民　可怜可怜吧！我们都是逃难的！

王利发　别耽误工夫！我自己还顾不了自己呢！

〔巡警上。

巡　警　走！滚！快着！

〔难民散去。

王利发　怎样啊？六爷！又打得紧吗？

巡　警　紧！紧得厉害！仗打得不紧，怎能够有这么多难民呢！上面交派下来，你出八十斤大饼，十二点交齐！城里的兵带着干粮，才能出去打仗啊！

王利发　您圣明，我这儿现在光包后面的伙食，不再卖饭，也还没开张，别说八十斤大饼，一斤也交不出啊！

巡　警　你有你的理由，我有我的命令，你瞧着办吧！（要走）

王利发　您等等！我这儿千真万确还没开张，这您知道！开张以后，还得多麻烦您呢！得啦，您买包茶叶喝吧！（递钞票）您多给美言几句，我感恩不尽！

巡　警　（接票子）我给你说说看，行不行可不保准！

〔三、五个大兵，军装破烂，都背着枪，闯进门口。

巡　警　老总们，我这儿正查户口呢，这儿还没开张！

大　兵　屌！

巡　警　王掌柜，孝敬老总们点茶钱，请他们到别处喝去吧！

王利发　老总们，实在对不起，还没开张，要不然，诸位住在这儿，一定欢迎！（递钞票给巡警）

巡　警　（转递给兵们）得啦，老总们多原谅，他实在没法招待诸位！

大　兵　屌！谁要钞票？要现大洋！

王利发　老总们，让我哪儿找现洋去呢？

大　兵　屌！揍他个小舅子！

巡　警　快！再添点！

王利发　（掏）老总们，我要是还有一块，请把房子烧了！（递钞票）

大　兵　屌！（接钱下，顺手拿走两块新桌布）

巡　警　得，我给你挡住了一场大祸！他们不走呀，你就全完，连一个茶碗也剩不下！

王利发　我永远忘不了您这点好处！

巡　警　可是为这点功劳，你不得另有份意思吗？

王利发　对！您圣明，我糊涂！可是，您搜我吧，真一个铜子儿也没有啦！（掀起褂子，让他搜）您搜！您搜！

巡　警　我干不过你！明天见，明天还不定是风是雨呢！（下）

王利发　您慢走！（看巡警走去，跺脚）他妈的！打仗，打仗！今天打，明天打，老打，打他妈的什么呢？

〔唐铁嘴进来，还是那么瘦，那么脏，可是穿着绸子夹袍。

唐铁嘴　王掌柜！我来给你道喜！

王利发　（还生着气）哟！唐先生？我可不再白送茶喝！（打量，有了笑容）你混的不错呀！穿上绸子啦！

唐铁嘴　比从前好了一点！我感谢这个年月！

王利发　这个年月还值得感谢？听着有点不搭调！

唐铁嘴　年头越乱，我的生意越好！这年月，谁活着谁死都碰运气，怎能不多算算命、相相面呢？你说对不对？

王利发　Yes[1]，也有这么一说！

唐铁嘴　听说后面改了公寓，租给我一间屋子，好不好？

王利发　唐先生，你那点嗜好，在我这儿恐怕……

唐铁嘴　我已经不吃大烟了！

王利发　真的？你可真要发财了！

唐铁嘴　我改抽“白面儿”啦。（指墙上的香烟广告）你看，哈德门烟是又长又松，（掏出烟来表演）一顿就空出一大块，正好放“白面儿”。大英帝国的烟，日本的“白面儿”，两大强国侍候着我一个人，这点福气还小吗？

王利发　福气不小！不小！可是，我这儿已经住满了人，什么时候有了空房，我准给你留着！

唐铁嘴　你呀，看不起我，怕我给不了房租！

王利发　没有的事！都是久在街面上混的人，谁能看不起谁呢？这是知心话吧？

唐铁嘴　你的嘴呀比我的还花哨！

王利发　我可不光要嘴皮子，我的心放得正！这十多年了，你白喝过我多少碗茶？你自己算算！你现在混的不错，你想着还我茶钱没有？

唐铁嘴　赶明儿我一总还给你，那一共才有几个钱呢！（搭讪着

[1] “Yes”即“对”的意思。

往外走）

〔街上卖报的喊叫："长辛店大战的新闻，买报瞧，瞧长辛店大战的新闻！"报童向内探头。

报　童　掌柜的，长辛店大战的新闻，来一张瞧瞧？

王利发　有不打仗的新闻没有？

报　童　也许有，您自己找！

王利发　走！不瞧！

报　童　掌柜的，你不瞧也照样打仗！（对唐铁嘴）先生，您照顾照顾？

唐铁嘴　我不像他，（指王利发）我最关心国事！（拿了一张报，没给钱即走）

〔报童追唐铁嘴下。

王利发　（自言自语）长辛店！长辛店！离这里不远啦！（喊）三爷，三爷！你倒是抓早儿买点菜去呀，待一会儿准关城门，就什么也买不到啦！嘿！（听后面没人应声，含怒往后跑）

〔常四爷提着一串腌萝卜，两只鸡，走进来。

常四爷　王掌柜！

王利发　谁？哟，四爷！您干什么哪？

常四爷　我卖菜呢！自食其力，不含糊！今儿个城外头乱乱哄哄，买不到菜；东抓西抓，抓到这么两只鸡，几斤老腌萝卜。听说你明天开张，也许用的着，特意给你送来了！

王利发　我谢谢您！我这儿正没有辙呢！

常四爷　（四下里看）好啊！好啊！收拾得好啊！大茶馆全关了，就是你有心路，能随机应变地改良！

王利发　别夸奖我啦！我尽力而为，可就怕天下老这么乱七八糟！

常四爷　像我这样的人算是坐不起这样的茶馆喽！

〔松二爷走进来，穿的很寒酸，可是还提着鸟笼。

松二爷　王掌柜！听说明天开张，我来道喜！（看见常四爷）哎哟！四爷，可想死我喽！

常四爷　二哥！你好哇？

王利发　都坐下吧！

松二爷　王掌柜，你好？太太好？少爷好？生意好？

王利发　（一劲儿说）好！托福！（提起鸡与咸菜）四爷，多少钱？

常四爷　瞧着给，该给多少给多少！

王利发　对！我给你们弄壶茶来！（提物到后面去）

松二爷　四爷，你，你怎么样啊？

常四爷　卖青菜哪！铁杆庄稼没有啦，还不卖膀子力气吗？二爷，您怎么样啊？

松二爷　怎么样？我想大哭一场！看见我这身衣裳没有？我还像个人吗？

常四爷　二哥，您能写能算，难道找不到点事儿作？

松二爷　嗻，谁愿意瞪着眼挨饿呢！可是，谁要咱们旗人呢！想起来呀，大清国不一定好啊，可是到了民国，我挨了饿！

王利发　（端着一壶茶回来。给常四爷钱）不知道您花了多少，我就给这么点吧！

常四爷　（接钱，没看，揣在怀里）没关系！

王利发　二爷，（指鸟笼）还是黄鸟吧？哨的怎样？

松二爷　嗻，还是黄鸟！我饿着，也不能叫鸟儿饿着！（有了点精神）你看看，看看，（打开罩子）多么体面！一看见它呀，我就舍不得死啦！

王利发　松二爷，不准说死！有那么一天，您还会走一步好运！

常四爷　二哥，走！找个地方喝两盅儿去！一醉解千愁！王掌柜，我可就不让你啦，没有那么多的钱！

王利发　我也分不开身，就不陪了！

〔常四爷、松二爷正往外走，宋恩子和吴祥子进来。他们俩仍穿灰色大衫，但袖口瘦了，而且罩上青布马褂。

松二爷　（看清楚是他们，不由地上前请安）原来是你们二位爷！

〔王利发似乎受了松二爷的感染，也请安，弄得二人愣住了。

宋恩子　这是怎么啦？民国好几年了，怎么还请安？你们不会鞠躬吗？

松二爷　我看见您二位的灰大褂呀，就想起了前清的事儿！不能不请安！

王利发　我也那样！我觉得请安比鞠躬更过瘾！

吴祥子　哈哈哈哈！松二爷，你们的铁杆庄稼不行了，我们的灰色大褂反倒成了铁杆庄稼，哈哈哈！（看见常四爷）这不是常四爷吗？

常四爷　是呀，您的眼力不错！戊戌年我就在这儿说了句"大清国要完"，叫您二位给抓了走，坐了一年多的牢！

宋恩子　您的记性可也不错！混的还好吧？

常四爷　托福！从牢里出来，不久就赶上庚子年；扶清灭洋，我当了义和团，跟洋人打了几仗！闹来闹去，大清国到底是亡了，该亡！我是旗人，可是我得说公道话！现在，每天起五更弄一挑子青菜，绕到十点来钟就卖光。凭力气挣饭吃，我的身上更有劲了！什么时候洋人敢再动兵，我姓常的还准备跟他们打打呢！我是旗人，旗人也是中国人哪！您二位怎么样？

吴祥子 瞎混呗！有皇上的时候，我们给皇上效力，有袁大总统的时候，我们给袁大总统效力；现而今，宋恩子，该怎么说啦？

宋恩子 谁给饭吃，咱们给谁效力！

常四爷 要是洋人给饭吃呢？

松二爷 四爷，咱们走吧！

吴祥子 告诉你，常四爷，要我们效力的都仗着洋人撑腰！没有洋枪洋炮，怎能够打起仗来呢？

松二爷 您说的对！嗻！四爷，走吧！

常四爷 再见吧，二位，盼着你们快快升官发财！（同松二爷下）

宋恩子 这小子！

王利发 （倒茶）常四爷老是那么又倔又硬，别计较他！（让茶）二位喝碗吧，刚沏好的。

宋恩子 后面住着的都是什么人？

王利发 多半是大学生，还有几位熟人。我有登记簿子，随时报告给“巡警阁子”。我拿来，二位看看？

吴祥子 我们不看簿子，看人！

王利发 您甭看，准保都是靠得住的人！

宋恩子 你为什么爱租学生们呢？学生不是什么老实家伙呀！

王利发 这年月，作官的今天上任，明天撤职，作买卖的今天开市，明天关门，都不可靠！只有学生有钱，能够按月交房租，没钱的就上不了大学啊！您看，是这么一笔账不是？

宋恩子　都叫你咂摸透了！你想的对！现在，连我们也欠饷啊！

吴祥子　是呀，所以非天天拿人不可，好得点津贴！

宋恩子　就仗着有错拿，没错放的，拿住人就有津贴！走吧，到后边看看去！

吴祥子　走！

王利发　二位，二位！您放心，准保没错儿！

宋恩子　不看，拿不到人，谁给我们津贴呢？

吴祥子　王掌柜不愿意咱们看，王掌柜必会给咱们想办法！咱们得给王掌柜留个面子！对吧？王掌柜！

王利发　我……

宋恩子　我出个不很高明的主意：干脆来个包月，每月一号，按阳历算，你把那点……

吴祥子　那点意思！

宋恩子　对，那点意思送到，你省事，我们也省事！

王利发　那点意思得多少呢？

吴祥子　多年的交情，你看着办！你聪明，还能把那点意思闹成不好意思吗？

李　三　（提着菜筐由后面出来）喝，二位爷！（请安）今儿个又得关城门吧！（没等回答，往外走）

〔二、三学生匆匆地回来。

学　生　三爷，先别出去，街上抓伕呢！（往后面走去）

李　三　（还往外走）抓去也好，在哪儿也是当苦力！

〔刘麻子丢了魂似的跑来，和李三碰了个满怀。

李　三　怎么回事呀？吓掉了魂儿啦！

刘麻子　（喘着）别，别，别出去！我差点叫他们抓了去！

王利发　三爷，等一等吧！

李　三　午饭怎么开呢？

王利发　跟大家说一声，中午咸菜饭，没别的办法！晚上吃那两只鸡！

李　三　好吧！（往回走）

刘麻子　我的妈呀，吓死我啦！

宋恩子　你活着，也不过多买卖几个大姑娘！

刘麻子　有人卖，有人买，我不过在中间帮帮忙，能怪我吗？（把桌上的三个茶杯的茶先后喝净）

吴祥子　我可是告诉你，我们哥儿们从前清起就专办革命党，不大爱管贩卖人口，拐带妇女什么的臭事。可是你要叫我们碰见，我们也不再睁一眼闭一眼！还有，像你这样的人，弄进去，准锁在尿桶上！

刘麻子　二位爷，别那么说呀！我不是也快挨饿了吗？您看，以前，我走八旗老爷们、宫里太监们的门子。这么一革命啊，可苦了我啦！现在，人家总长次长，团长师长，要娶姨太太讲究要唱落子的坤角，戏班里的女名角，一花就三千五千现大洋！我干瞧着，摸不着门！我那点芝麻粒大的生意算得了什么呢？

宋恩子　你呀，非锁在尿桶上，不会说好的！

刘麻子　得啦，今天我孝敬不了二位，改天我必有一份儿人心！

吴祥子　你今天就有买卖，要不然，兵荒马乱的，你不会出来！

刘麻子　没有！没有！

宋恩子　你嘴里半句实话也没有！不对我们说真话，没有你的好处！王掌柜，我们出去绕绕；下月一号，按阳历算，别忘了！

王利发　我忘了姓什么，也忘不了您二位这回事！

吴祥子　一言为定啦！（同宋恩子下）

王利发　刘爷，茶喝够了吧？该出去活动活动！

刘麻子　你忙你的，我在这儿等两个朋友。

王利发　咱们可把话说开了，从今以后，你不能再在这儿作你的生意，这儿现在改了良，文明啦！

〔康顺子提着个小包，带着康大力，往里边探头。

康大力　是这里吗？

康顺子　地方对呀，怎么改了样儿？（进来，细看，看见了刘麻子）大力，进来，是这儿！

康大力　找对啦？妈！

康顺子　没错儿！有他在这儿，不会错！

王利发　您找谁?

康顺子　(不语，直奔过刘麻子去)刘麻子，你还认识我吗?(要打，但是伸不出手去，一劲地颤抖)你，你，你个……(要骂，也感到困难)

刘麻子　你这个娘儿们，无缘无故地跟我捣什么乱呢?

康顺子　(挣扎)无缘无故?你，你看看我是谁?一个男子汉，干什么吃不了饭，偏干伤天害理的事!呸!呸!

王利发　这位大嫂，有话好好说!

康顺子　你是掌柜的?你忘了吗?十几年前，有个娶媳妇的太监?

王利发　您，您就是庞太监的那个……

康顺子　都是他(指刘麻子)作的好事，我今天跟他算算账!(又要打，仍未成功)

刘麻子　(躲)你敢!你敢!我好男不跟女斗!(随说随往后退)我，我找人来帮我说说理!(撒腿往后面跑)

王利发　(对康顺子)大嫂，你坐下，有话慢慢说!庞太监呢?

康顺子　(坐下喘气)死啦。叫他的侄子们给饿死的。一改民国呀，他还有钱，可没了势力，所以侄子们敢欺负他。他一死，他的侄子们把我们轰出来了，连一床被子都没给我们!

王利发　这，这是……?

康顺子　我的儿子!

王利发　您的……?

康顺子　也是买来的，给太监当儿子。

康大力　妈！你爸爸当初就在这儿卖了你的？

康顺子　对了，乖！就是这儿，一进这儿的门，我就晕过去了，我永远忘不了这个地方！

康大力　我可不记得我爸爸在哪里卖了我的！

康顺子　那时候，你不是才一岁吗？妈妈把你养大了的，你跟妈妈一条心，对不对？乖！

康大力　那个老东西，掐你，拧你，咬你，还用烟签子扎我！他们人多，咱们打不过他们！要不是你，妈，我准叫他们给打死了！

康顺子　对！他们人多，咱们又太老实！你看，看见刘麻子，我想咬他几口，可是，可是，连一个嘴巴也没打上，我伸不出手去！

康大力　妈，等我长大了，我帮助你打！我不知道亲妈妈是谁，你就是我的亲妈妈！

康顺子　好！好！咱们永远在一块儿，我去挣钱，你去念书！（稍愣了一会儿）掌柜的，当初我在这儿叫人买了去，咱们总算有缘，你能不能帮帮忙，给我找点事作？我饿死不要紧，可不能饿死这个无倚无靠的好孩子！

〔王淑芬出来，立在后边听着。

王利发　你会干什么呢？

康顺子　洗洗涮涮、缝缝补补、作家常饭，都会！我是乡下人，我能吃苦，只要不再作太监的老婆，什么苦处都是甜的！

王利发　要多少钱呢？

康顺子　有三顿饭吃，有个地方睡觉，够大力上学的，就行！

王利发　好吧，我慢慢给你打听着！你看，十多年前那回事，我到今天还没忘，想起来心里就不痛快！

康顺子　可是，现在我们母子上哪儿去呢？

王利发　回乡下找你的老父亲去！

康顺子　他？他是活是死，我不知道。就是活着，我也不能去找他！他对不起女儿，女儿也不必再叫他爸爸！

王利发　马上就找事，可不大容易！

王淑芬　（过来）她能洗能作，又不多要钱，我留下她了！

王利发　你？

王淑芬　难道我不是内掌柜的？难道我跟李三爷就该累死？

康顺子　掌柜的，试试我！看我不行，您说话，我走！

王淑芬　大嫂，跟我来！

康顺子　当初我是在这儿卖出去的，现在就拿这儿当作娘家吧！大力，来吧！

康大力　掌柜的，你要不打我呀，我会帮助妈妈干活儿！（同王淑芬、康顺子下）

王利发　好家伙，一添就是两张嘴！太监取消了，可把太监的家眷交到这里来了！

李　三　（掩护着刘麻子出来）快走吧！（回去）

王利发　就走吧，还等着真挨两个脆的吗？

刘麻子　我不是说过了吗，等两个朋友？

王利发　你呀，叫我说什么才好呢！

刘麻子　有什么法子呢！隔行如隔山，你老得开茶馆，我老得干我这一行！到什么时候，我也得干我这一行！

〔老林和老陈满面笑容地走进来。

刘麻子　（二人都比他年轻，他却称呼他们哥哥）林大哥，陈二哥！（看王利发不满意，赶紧说）王掌柜，这儿现在没有人，我借个光，下不为例！

王利发　她（指后边）可是还在这儿呢！

刘麻子　不要紧了，她不会打人！就是真打，他们二位也会帮助我！

王利发　你呀！哼！（到后边去）

刘麻子　坐下吧，谈谈！

老　林　你说吧！老二！

老　陈　你说吧！哥！

刘麻子　谁说不一样啊！

老　陈　你说吧，你是大哥！

老　林　那个，你看，我们俩是把兄弟！

老　陈　对！把兄弟，两个人穿一条裤子的交情！

老　林　他有几块现大洋！

刘麻子　现大洋？

老　陈　林大哥也有几块现大洋！

刘麻子　一共多少块呢？说个数目！

老　林　那，还不能告诉你咧！

老　陈　事儿能办才说咧！

刘麻子　有现大洋，没有办不了的事！

老　林
老　陈　真的？

刘麻子　说假话是孙子！

老　林　那么，你说吧，老二！

老　陈　还是你说，哥！

老　林　你看，我们是两个人吧？

刘麻子　嗯！

老　陈　两个人穿一条裤子的交情吧？

刘麻子　嗯！

老　林　没人耻笑我们的交情吧？

刘麻子　交情嘛，没人耻笑！

老　陈　也没人耻笑三个人的交情吧？

刘麻子　三个人？都是谁？

老　林　还有个娘儿们！

刘麻子　嗯！嗯！嗯！我明白了！可是不好办，我没办过！你看，平常都说小两口儿，哪有小三口儿的呢！

老　林　不好办？

刘麻子　太不好办啦！

老　林　（问老陈）你看呢？

老　陈　还能白拉倒吗？

老　林　不能拉倒！当了十几年兵，连半个媳妇都娶不上！他妈的！

刘麻子　不能拉倒，咱们再想想！你们到底一共有多少块现大洋？

〔王利发和崔久峰由后面慢慢走来。刘麻子等停止谈话。

王利发　崔先生，昨天秦二爷派人来请您，您怎么不去呢？您这么有学问，上知天文，下知地理，又作过国会议员，可是住在我这里，天天念经；干吗不出去作点事呢？您这样的好人，应当出去作官！有您这样的清官，我们小民才能过太平日子！

崔久峰　惭愧！惭愧！作过国会议员，那真是造孽呀！革命有什么用呢，不过自误误人而已！唉！现在我只能修持，忏悔！

王利发　您看秦二爷，他又办工厂，又忙着开银号！

崔久峰　办了工厂、银号又怎么样呢？他说实业救国，他救了谁？救了他自己，他越来越有钱了！可是他那点事业，哼，外国人伸出一个小指头，就把他推倒在地，再也起不来！

王利发　您别这么说呀！难道咱们就一点盼望也没有了吗？

崔久峰　难说！很难说！你看，今天王大帅打李大帅，明天赵大帅又打王大帅。是谁叫他们打的？

王利发　谁？哪个混蛋？

崔久峰　洋人！

王利发　洋人？我不能明白！

崔久峰　慢慢地你就明白了。有那么一天，你我都得作亡国奴！我干过革命，我的话不是随便说的！

王利发　那么，您就不想想主意，卖卖力气，别叫大家作亡国奴？

崔久峰　我年轻的时候，以天下为己任，的确那么想过！现在，我可看透了，中国非亡不可！

王利发　那也得死马当活马治呀！

崔久峰　死马当活马治？那是妄想！死马不能再活，活马可早晚得死！好啦，我到弘济寺去，秦二爷再派人来找我，你就说，我只会念经，不会干别的！（下）

〔宋恩子、吴祥子又回来了。

王利发　二位！有什么消息没有？

〔宋恩子、吴祥子不语，坐在靠近门口的地方，看着刘麻子等。

〔刘麻子不知如何是好，低下头去。

〔老陈、老林也不知如何是好，相视无言。

〔静默了有一分钟。

老　陈　哥，走吧？

老　林　走！

宋恩子　等等！（立起来，挡住路）

老　陈　怎么啦？

吴祥子　（也立起）你说怎么啦？

〔四人呆呆相视一会儿。

宋恩子　乖乖地跟我们走！

老　林　上哪儿？

吴祥子　逃兵，是吧？有些块现大洋，想在北京藏起来，是吧？有钱就藏起来，没钱就当土匪，是吧？

老　陈　你管得着吗？我一个人揍你这样的八个。（要打）

宋恩子　你？可惜你把枪卖了，是吧？没有枪的干不过有枪的，是吧？（拍了拍身上的枪）我一个人揍你这样的八个！

老　林　都是弟兄，何必呢？都是弟兄！

吴祥子　对啦！坐下谈谈吧！你们是要命呢？还是要现大洋？

老　陈　我们那点钱来的不容易！谁发饷，我们给谁打仗，我们打过多少次仗啊！

宋恩子　逃兵的罪过，你们可也不是不知道！

老　林　咱们讲讲吧，谁叫咱们是弟兄呢！

吴祥子　这像句自己人的话！谈谈吧！

王利发　（在门口）诸位，大令过来了！

老　陈
老　林　啊！（惊惶失措，要往里边跑）

宋恩子　别动！君子一言，把现大洋分给我们一半，保你们俩没事！咱们是自己人！

老　林
老　陈　就那么办！自己人！

〔“大令”进来：二捧刀——刀缠红布——背枪者前导，手捧令箭的在中，四持黑红棍者在后。军官在最后押队。

吴祥子　（和宋恩子、老林、老陈一齐立正，从帽中取出证章，叫军官看）报告官长，我们正在这儿盘查一个逃兵。

军　官　就是他吗？（指刘麻子）

吴祥子　（指刘麻子）就是他！

军　官　绑！

刘麻子　（喊）老爷！我不是！不是！

军　官　绑！（同下）

吴祥子　（对宋恩子）到后面抓两个学生！

宋恩子　走！（同往后疾走）

——幕落

第三幕

人　物　王大拴、明师傅、于厚斋、周秀花、邹福远、小宋恩子、王小花、卫福喜、小吴祥子、康顺子、方六、常四爷、丁宝、车当当、秦仲义、王利发、庞四奶奶、小心眼、茶客甲、乙、春梅、沈处长、小刘麻子、老杨、宪兵四人、取电灯费的、小二德子、小唐铁嘴、谢勇仁。

时　间　抗日战争胜利后，国民党特务和美国兵在北京横行的时候。秋，清晨。

地　点　同前幕。

〔**幕启：**现在，裕泰茶馆的样子可不像前幕那么体面了。藤椅已不见，代以小凳与条凳。自房屋至家具都显着暗淡无光。假若有什么突出惹眼的东西，那就是“莫谈国事”的纸条更多，字也更大了。在这些条子旁边还贴着“茶钱先付”的新纸条。

〔一清早，还没有下窗板。王利发的儿子王大拴，垂头丧气地独自收拾屋子。

〔王大拴的妻周秀花，领着小女儿王小花，由后面出来。她们一边走一边说话儿。

王小花　妈，晌午给我作点热汤面吧！好多天没吃过啦！

周秀花　我知道，乖！可谁知道买得着面买不着呢！就是粮食店里可巧有面，谁知道咱们有钱没有呢！唉！

王小花　就盼着两样都有吧！妈！

周秀花　你倒想得好，可哪能那么容易！去吧，小花，在路上留神吉普车！

王大拴　小花，等等！

王小花　干吗？爸！

王大拴　昨天晚上……

周秀花　我已经嘱咐过她了！她懂事！

王大拴　你大力叔叔的事万不可对别人说呀！说了，咱们全家都得死！明白吧？

王小花　我不说，打死我也不说！有人问我大力叔叔回来过没有，我就说：他走了好几年，一点消息也没有！

〔康顺子由后面走来。她的腰有点弯，但还硬朗。她一边走一边叫王小花。

康顺子　小花！小花！还没走哪？

王小花　康婆婆，干吗呀？

康顺子　小花，乖！婆婆再看你一眼！（抚弄王小花的头）多体面哪！吃的不足啊，要不然还得更好看呢！

周秀花　大婶，您是要走吧？

康顺子　是呀！我走，好让你们省点嚼谷呀！大力是我拉扯大的，他叫我走，我怎能不走呢？当初，我刚到这里的时候，他还没有小花这么高呢！

王小花　看大力叔叔现在多么壮实，多么大气！

康顺子　是呀，虽然他只在这儿坐了一袋烟的工夫呀，可是叫我年轻了好几岁！我本来什么也没有，一见着他呀，好像忽然间我什么都有啦！我走，跟着他走，受什么累，吃什么苦，也是香甜的！看他那两只大手，那两只大脚，简直是个顶天立地的男子汉！

王小花　婆婆，我也跟您去！

康顺子　小花，你乖乖地去上学，我会回来看你！

王大拴　小花，上学吧，别迟到！

王小花　婆婆，等我下了学您再走！

康顺子　哎！哎！去吧，乖！（王小花下）

王大拴　大婶，我爸爸叫您走吗？

康顺子　他还没打好了主意。我倒怕呀，大力回来的事儿万一叫人家知道了啊，我又忽然这么一走，也许要连累了你们！这年月不是天天抓人吗？我不能作对不起你们的事！

周秀花　大婶，您走您的，谁逃出去谁得活命！喝茶的不是常低声儿说：想要活命得上西山[1]吗？

王大拴　对！

康顺子　小花的妈，来吧，咱们再商量商量！我不能专顾自己，叫你们吃亏！老大，你也好好想想！（同周秀花下）

〔丁宝进来。

丁　宝　嗨，掌柜的，我来啦！

王大拴　你是谁？

丁　宝　小丁宝！小刘麻子叫我来的，他说这儿的老掌柜托他请个女招待。

王大拴　姑娘，你看看，这么个破茶馆，能用女招待吗？我们老掌柜呀，穷得乱出主意！

〔王利发慢慢地走出来，他还硬朗，穿的可很不整齐。

王利发　老大，你怎么老在背后褒贬老人呢？谁穷得乱出主意呀？下板子去！什么时候了，还不开门！

〔王大拴去下窗板。

丁　宝　老掌柜，你硬朗啊？

[1] 北京西山一带当时是八路军的游击区——絜青注。

王利发　嗯！要有炸酱面的话，我还能吃三大碗呢，可惜没有！十几了？姑娘！

丁　宝　十七！

王利发　才十七？

丁　宝　是呀！妈妈是寡妇，带着我过日子。胜利以后呀，政府硬说我爸爸给我们留下的一所小房子是逆产，给没收啦！妈妈气死了，我作了女招待！老掌柜，我到今天还不明白什么叫逆产，您知道吗？

王利发　姑娘，说话留点神！一句话说错了，什么都可以变成逆产！你看，这后边呀，是秦二爷的仓库，有人一瞪眼，说是逆产，就给没收啦！就是这么一回事！

〔王大拴回来。

丁　宝　老掌柜，您说对了！连我也是逆产，谁的胳臂粗，我就得侍候谁！他妈的，我才十七，就常想还不如死了呢！死了落个整尸首，干这一行，活着身上就烂了！

王大拴　爸，您真想要女招待吗？

王利发　我跟小刘麻子瞎聊来着！我一辈子老爱改良，看着生意这么不好，我着急！

王大拴　您着急，我也着急！可是，您就忘记老裕泰这个老字号了吗？六十多年的老字号，用女招待？

丁　宝　什么老字号啊！越老越不值钱！不信，我现在要是二十八岁，就是叫小小丁宝，小丁宝贝，也没人看我一眼！

〔茶客甲、乙上。

王利发　二位早班儿！带着叶子哪？老大拿开水去！（王大拴下）二位，对不起，茶钱先付！

茶客甲　没听说过！

王利发　我开过几十年茶馆，也没听说过！可是，您圣明：茶叶、煤球儿都一会儿一个价钱，也许您正喝着茶，茶叶又长了价钱！您看，先收茶钱不是省得麻烦吗？

茶客乙　我看哪，不喝更省事！（同茶客甲下）

王大拴　（提来开水）怎么？走啦！

王利发　这你就明白了！

丁　宝　我要是过去说一声："来了？小子！"他们准给一块现大洋！

王利发　你呀，老大，比石头还顽固！

王大拴　（放下壶）好吧，我出去蹓蹓，这里出不来气！（下）

王利发　你出不来气，我还憋得慌呢！

〔小刘麻子上，穿着洋服，夹着皮包。

小刘麻子　小丁宝，你来啦？

丁　宝　有你的话，谁敢不来呀！

小刘麻子　王掌柜，看我给你找来的小宝贝怎样？人材、岁数打扮、经验，样样出色！

王利发　就怕我用不起吧？

小刘麻子　没的事！她不要工钱！是吧，小丁宝？

王利发　不要工钱？

小刘麻子　老头儿，你都甭管，全听我的，我跟小丁宝有我们一套办法！是吧，小丁宝？

丁　宝　要是没你那一套办法，怎会缺德呢！

小刘麻子　缺德？你算说对了！当初，我爸爸就是由这儿绑出去的；不信，你问王掌柜。是吧，王掌柜？

王利发　我亲眼得见！

小刘麻子　你看，小丁宝，我不乱吹吧？绑出去，就在马路中间，磕喳一刀！是吧，老掌柜？

王利发　听得真真的！

小刘麻子　我不说假话吧？小丁宝！可是，我爸爸到底差点事，一辈子混的并不怎样。轮到我自己出头露面了，我必得干的特别出色。（打开皮包，拿出计划书）看，小丁宝，看看我的计划！

丁　宝　我没那么大的工夫！我看哪，我该回家，休息一天，明天来上工。

王利发　丁宝，我还没想好呢！

小刘麻子　王掌柜，我都替你想好啦！不信，你等着看，明天早上，小丁宝在门口儿歪着头那么一站，马上就进来二百多茶座儿！小丁宝，你听听我的计划，跟你有关系。

丁　宝　哼！但愿跟我没关系！

小刘麻子　你呀，小丁宝，不够积极！听着……

〔取电灯费的进来。

取电灯费的　掌柜的，电灯费！

王利发　电灯费？欠几个月的啦？

取电灯费的　三个月的！

王利发　再等三个月，凑半年，我也还是没办法！

取电灯费的　那像什么话呢？

小刘麻子　地道真话嘛！这儿属沈处长管。知道沈处长吧？市党部的委员，宪兵司令部的处长！您愿意收他的电费吗？说！

取电灯费的　什么话呢，当然不收！对不起，我走错了门儿！（下）

小刘麻子　看，王掌柜，你不听我的行不行？你那套光绪年的办法太守旧了！

王利发　对！要不怎么说，人要活到老学到老呢！我还得多学！

小刘麻子　就是嘛！

〔小唐铁嘴进来，穿着绸子夹袍，新缎鞋。

小刘麻子　哎哟，他妈的是你，小唐铁嘴！

小唐铁嘴　哎哟，他妈的是你，小刘麻子！来，叫爷爷看看！（看前看后）你小子行，洋服穿的像那么一回事，由后边看哪，你比洋人还更像洋人！老王掌柜，我夜观天象，紫微星发亮，不久必有真龙天子出现，所以你看我跟小刘麻子，和这位……

小刘麻子　小丁宝，九城闻名！

小唐铁嘴　……和这位小丁宝，才都这么才貌双全，文武带打，我们是应运而生，活在这个时代，真是如鱼得水！老掌柜，把脸转正了，我看看！好，好，印堂发亮，还有一步好运！来吧，给我碗喝吧！

王利发　小唐铁嘴！

小唐铁嘴　别再叫唐铁嘴，我现在叫唐天师！

小刘麻子　谁封你作了天师？

小唐铁嘴　待两天你就知道了。

王利发　天师，可别忘了，你爸爸白喝了我一辈子的茶，这可不能世袭！

小唐铁嘴　王掌柜，等我穿上八卦仙衣的时候，你会后悔刚才说了什么！你等着吧！

小刘麻子　小唐，待会儿我请你去喝咖啡，小丁宝作陪，你先听我说点正经事，好不好？

小唐铁嘴　王掌柜，你就不想想，天师今天白喝你点茶，将来会给你个县知事作作吗？好吧，小刘你说！

小刘麻子　我这儿刚跟小丁宝说，我有个伟大的计划！

小唐铁嘴　好！洗耳恭听！

小刘麻子　我要组织一个“拖拉撕”。这是个美国字，也许你不懂，翻成北京话就是“包圆儿”。

小唐铁嘴　我懂！就是说，所有的姑娘全由你包办。

小刘麻子　对！你的脑力不坏！小丁宝，听着，这跟你有密切关系！甚至于跟王掌柜也有关系！

王利发　我这儿听着呢！

小刘麻子　我要把舞女、明娼、暗娼、吉普女郎和女招待全组织起来，成立那么一个大“拖拉撕”。

小唐铁嘴　（闭着眼问）官方上疏通好了没有？

小刘麻子　当然！沈处长作董事长，我当总经理！

小唐铁嘴　我呢？

小刘麻子　你要是能琢磨出个好名字来，请你作顾问！

小唐铁嘴　车马费不要法币！

小刘麻子　每月送几块美钞！

小唐铁嘴　往下说！

小刘麻子　业务方面包括：买卖部、转运部、训练部、供应部，四大部。谁买姑娘，还是谁卖姑娘；由上海调运到天津，还是由汉口调运到重庆；训练吉普女郎，还是训练女招待；是供应美国军队，还是各级官员，都由公司统一承办，保证人人满意。你看怎样？

小唐铁嘴　太好！太好！在道理上，这合乎统制一切的原则。在实际上，这首先能满足美国兵的需要，对国家有利！

小刘麻子　好吧，你就给想个好名字吧！想个文雅的，像“柳叶眉，杏核眼，樱桃小口一点点”那种诗那么文雅的！

小唐铁嘴　嗯——“拖拉撕”，“拖拉撕”……不雅！拖进来，拉进来，不听话就撕成两半儿，倒好像是绑票儿撕票儿，不雅！

小刘麻子　对，是不大雅！可那是美国字，吃香啊！

小唐铁嘴　还是联合公司响亮、大方！

小刘麻子　有你这么一说！什么联合公司呢？

丁　宝　缺德公司就挺好！

小刘麻子　小丁宝，谈正经事，不许乱说！你好好干，将来你有作女招待总教官的希望！

小唐铁嘴　看这个怎样——花花联合公司？姑娘是什么？鲜花嘛！要姑娘就得多花钱，花呀花呀，所以花花！“青是山，绿是水，花花世界”，又有典故，出自《武家坡》！好不好？

小刘麻子　小唐，我谢谢你，谢谢你！（热烈握手）我马上找沈处长去研究一下，他一赞成，你的顾问就算当上了！（收拾皮包，要走）

王利发　我说，丁宝的事到底怎么办？

小刘麻子　没告诉你不用管吗？“拖拉撕”统办一切，我先在这里试验试验。

丁　宝　你不是说喝咖啡去吗？

小刘麻子　问小唐去不去？

小唐铁嘴　你们先去吧，我还在这儿等个人。

小刘麻子　咱们走吧，小丁宝！

丁　宝　明天见，老掌柜！再见，天师！（同小刘麻子下）

小唐铁嘴　王掌柜，拿报来看看！

王利发　那，我得慢慢地找去。二年前的还许有几张！

小唐铁嘴　废话！

〔进来三位茶客：明师傅、邹福远和卫福喜。明师傅独坐，邹福远与卫福喜同坐。王利发都认识，向大家点头。

王利发　哥儿们，对不起啊，茶钱先付！

明师傅　没错儿，老哥哥！

王利发　唉！"茶钱先付"，说着都烫嘴！（忙着沏茶）

邹福远　怎样啊？王掌柜！晚上还添评书不添啊？

王利发　试验过了，不行！光费电，不上座儿！

邹福远　对！您看，前天我在会仙馆，开三侠四义五霸十雄十三杰九老十五小，大破凤凰山，百鸟朝凤，棍打凤腿，您猜上了多少座儿？

王利发　多少？那点书现在除了您，没有人会说！

邹福远　您说的在行！可是，才上了五个人，还有俩听蹭儿的！

卫福喜　师哥，无论怎么说，你比我强！我又闲了一个多月啦！

邹福远　可谁叫你跳了行，改唱戏了呢？

卫福喜　我有嗓子，有扮相嘛！

邹福远　可是上了台，你又不好好地唱！

卫福喜　妈的唱一出戏，挣不上三个杂合面饼子的钱，我干吗卖力气呢？我疯啦？

邹福远　唉！福喜，咱们哪，全叫流行歌曲跟《纺棉花》给顶垮喽！我是这么看，咱们死，咱们活着，还在其次，顶伤心的是咱们这点玩艺儿，再过几年都得失传！咱们对不起祖师爷！常言道：邪不侵正。这年头就是邪年头，正经东西全得连根儿烂！

王利发　唉！（转至明师傅处）明师傅，可老没来啦！

明师傅　出不来喽！包监狱里的伙食呢！

王利发　您！就凭您，办一、二百桌满汉全席的手儿，去给他们蒸窝窝头？

明师傅　那有什么办法呢，现而今就是狱里人多呀！满汉全席？我连家伙都卖喽！

〔方六拿着几张画儿进来。

明师傅　六爷，这儿！六爷，那两桌家伙怎样啦？我等钱用！

方　六　明师傅，您挑一张画儿吧！

明师傅　啊？我要画儿干吗呢？

方　六　这可画的不错！六大山人、董弱梅画的！

明师傅　画的天好，当不了饭吃啊！

方　六　他把画儿交给我的时候，直掉眼泪！

明师傅　我把家伙交给你的时候，也直掉眼泪！

方　六　谁掉眼泪，谁吃炖肉，我都知道！要不怎么我累心呢！你当是干我们这一行，专凭打打小鼓就行哪？

明师傅　六爷，人总有颗人心哪，你还能坑老朋友吗？

方　六　一共不是才两桌家伙吗？小事儿，别再提啦，再提就好像不大懂交情了！

〔车当当敲着两块洋钱，进来。

车当当　谁买两块？买两块吧？天师，照顾照顾？（小唐铁嘴不语）

王利发　当当！别处转转吧，我连现洋什么模样都忘了！

车当当　那，你老人家就细细看看吧！白看，不用买票！（往桌上扔钱）

〔庞四奶奶进来，带着春梅。庞四奶奶的手上戴满各种戒指，打扮得像个女妖精。卖杂货的老杨跟进来。

小唐铁嘴　娘娘！

方　六
车当当　娘娘！

庞四奶奶　天师！

小唐铁嘴　侍候娘娘！（让庞四奶奶坐，给她倒茶）

庞四奶奶　（看车当当要出去）当当，你等等！

车当当　嗻！

老　杨　（打开货箱）娘娘，看看吧！

庞四奶奶　唱唱那套词儿，还倒怪有个意思！

老　杨　是！美国针、美国线、美国牙膏、美国消炎片。还有口红、雪花膏、玻璃袜子细毛线。箱子小，货物全，就是不卖原子弹！

庞四奶奶　哈哈哈！（挑了两双袜子）春梅，拿着！当当，你跟老杨算账吧！

车当当　娘娘，别那么办哪！

庞四奶奶　我给你拿的本钱，利滚利，你欠我多少啦？天师，查账！

小唐铁嘴　是！（掏小本）

车当当　天师，你甭操心，我跟老杨算去！

老　杨　娘娘，您行好吧！他能给我钱吗？

庞四奶奶　老杨，他坑不了你，都有我呢！

老　杨　是！（向众）还有哪位照顾照顾？（又要唱）美国针……

庞四奶奶　听够了！走！

老　杨　是！美国针、美国线，我要不走是浑蛋！走，当当！（同车当当下）

方　六　（过来）娘娘，我得到一堂景泰蓝的五供儿，东西老，地道，也便宜，坛上用顶体面，您看看吧？

庞四奶奶　请皇上看看吧！

方　六　是！皇上不是快登基了吗？我先给您道喜！我马上取去，送到坛上！娘娘多给美言几句，我必有份人心！（往外走）

明师傅　六爷，我的事呢？！

方　六　你先给我看着那几张画！（下）

明师傅　你等等！坑我两桌家伙，我还有把切菜刀呢！（追下）

庞四奶奶　王掌柜，康妈妈在这儿哪？请她出来！

小唐铁嘴　我去！（跑到后门）康老太太，您来一下！

王利发　什么事？

小唐铁嘴　朝廷大事！

〔康顺子上。

康顺子　干什么呀？

庞四奶奶　（迎上去）婆母！我是您的四侄媳妇，来接您，快坐下吧！（拉康顺子坐下）

康顺子　四侄媳妇？

庞四奶奶　是呀，您离开庞家的时候，我还没过门哪。

康顺子　我跟庞家一刀两断啦，找我干吗？

庞四奶奶　您的四侄子海顺呀，是三皇道的大坛主，国民党的大党员，又是沈处长的把兄弟，快作皇上啦，您不喜欢吗？

康顺子　快作皇上？

庞四奶奶　啊！龙袍都作好啦，就快在西山登基！

康顺子　在西山？

小唐铁嘴　老太太，西山一带有八路军。庞四爷在那一带登基，消灭八路，南京能够不愿意吗？

庞四奶奶　四爷呀都好，近来可是有点贪酒好色。他已经弄了好几个小老婆！

小唐铁嘴　娘娘，三宫六院七十二嫔妃，可有书可查呀！

庞四奶奶　你不是娘娘，怎么知道娘娘的委屈！老太太，我是这么想：您要是跟我一条心，我叫您作老太后，咱们俩一齐管着皇上，我这个娘娘不就好作一点了吗？老太太，您跟我去，吃好的喝好的，兜儿里老带着那么几块当当响的洋钱，够多么好啊！

康顺子　我要是不跟你去呢？

庞四奶奶　啊？不去？（要翻脸）

小唐铁嘴　让老太太想想，想想！

康顺子　用不着想，我不会再跟庞家的人打交道！四媳妇，你作你的娘娘，我作我的苦老婆子，谁也别管谁！刚才你要瞪眼睛，你当我怕你吗？我在外边也混了这么多年，磨炼出来点了，谁跟我瞪眼，我会伸手打！（立起，往后走）

小唐铁嘴　老太太！老太太！

康顺子　（立住，转身对小唐铁嘴）你呀，小伙子，挺起腰板

来，去挣碗干净饭吃，不好吗？（下）

庞四奶奶　（移怒于王利发）王掌柜，过来！你去跟那个老婆子说说，说好了，我送给你一袋子白面！说不好，我砸了你的茶馆！天师，走！

小唐铁嘴　王掌柜，我晚上还来，听你的回话！

王利发　万一我下半天就死了呢？

庞四奶奶　呸！你还不该死吗？（与小唐铁嘴、春梅同下）

王利发　哼！

邹福远　师弟，你看这算哪一出？哈哈哈！

卫福喜　我会二百多出戏，就是不懂这一出！你知道那个娘儿们的出身吗？

邹福远　我还能不知道！东霸天的女儿，在娘家就生过……得，别细说，我看这群浑蛋都有点回光返照，长不了！

〔王大拴回来。

王利发　看着点，老大。我到后面商量点事！（下）

小二德子　（在外边大吼一声）闪开了！（进来）大拴哥，沏壶顶好的，我有钱！（掏出四块现洋，一块一块地放下）给算算，刚才花了一块，这儿还有四块，五毛打一个，我一共打了几个？

王大拴　十个。

小二德子　（用手指算）对！前天四个，昨天六个，可不是十个！大拴哥，你拿两块吧！没钱，我白喝你的茶；有钱，就给你！你拿吧！（吹一块，放在耳旁听听）这块好，就一块当两块吧，给你！

王大拴　（没接钱）小二德子，什么生意这么好啊？现大洋不容易看到啊！

小二德子　念书去了！

王大拴　把“一”字都念成扁担，你念什么书啊？

小二德子　（拿起桌上的壶来，对着壶嘴喝了一气，低声说）市党部派我去的，法政学院。没当过这么美的差事，太美，太过瘾！比在天桥好的多！打一个学生，五毛现洋！昨天揍了几个来着？

王大拴　六个。

小二德子　对！里边还有两个女学生！一拳一拳地下去，太美，太过瘾！大拴哥，你摸摸，摸摸！（伸臂）铁筋洋灰的！用这个揍男女学生，你想想，美不美？

王大拴　他们就那么老实，乖乖地叫你打？

小二德子　我专找老实的打呀！你当我是傻子哪？

王大拴　小二德子，听我说，打人不对！

小二德子　可也难说！你看教党义的那个教务长，上课先把手枪拍在桌上，我不过抡抡拳头，没动手枪啊！

王大拴　什么教务长啊，流氓！

小二德子　对！流氓！不对，那我也是流氓喽！大拴哥，你怎么绕着脖子骂我呢？大拴哥，你有骨头！不怕我这铁筋洋灰的胳臂！

王大拴　你就是把我打死，我不服你还是不服你，不是吗？

小二德子　喝，这么绕脖子的话，你怎么想出来的？大拴哥，你应当去教党义，你有文才！好啦，反正今天我不再打学生！

王大拴　干吗光是今天不打？永远不打才对！

小二德子　不是今天我另有差事吗？

王大拴　什么差事？

小二德子　今天打教员！

王大拴　干吗打教员？打学生就不对，还打教员？

小二德子　上边怎么交派，我怎么干！他们说，教员要罢课。罢课就是不老实，不老实就得揍！他们叫我上这儿等着，看见教员就揍！

邹福远　（嗅出危险）师弟，咱们走吧！

卫福喜　走！（同邹福远下）

小二德子　大拴哥，你拿着这块钱吧！

王大拴　打女学生的钱，我不要！

小二德子　（另拿一块）换换，这块是打男学生的，行了吧？（看王大拴还是摇头）这么办，你替我看着点，我出去买点好吃的，请请你，活着还不为吃点喝点老三点吗？（收起现洋，下）

〔康顺子提着小包出来。王利发与周秀花跟着。

康顺子　王掌柜，你要是改了主意，不让我走，我还可以不走！

王利发　我……

周秀花　庞四奶奶也未必敢砸茶馆！

王利发　你怎么知道？三皇道是好惹的？

康顺子　我顶不放心的还是大力的事！只要一走漏了消息，大家全完！那比砸茶馆更厉害！

王大拴　大婶，走！我送您去！爸爸，我送送她老人家，可以吧？

王利发　嗯——

周秀花　大婶在这儿受了多少年的苦，帮了咱们多少忙，还不应当送送？

王利发　我并没说不叫他送！送！送！

王大拴　大婶，等等，我拿件衣服去！（下）

周秀花　爸，您怎么啦？

王利发　别再问我什么，我心里乱！一辈子没这么乱过！媳妇，你先陪大婶走，我叫老大追你们！大婶，外边不行啊，就还回来！

周秀花　老太太，这儿永远是您的家！

王利发　可谁知道也许……

康顺子　我也不会忘了你们！老掌柜，你硬硬朗朗的吧！（同周秀花下）

王利发　（送了两步，立住）硬硬朗朗的干什么呢？

〔谢勇仁和于厚斋进来。

谢勇仁　（看看墙上，先把茶钱放在桌上）老人家，沏一壶来。（坐）

王利发　（先收钱）好吧。

于厚斋　勇仁，这恐怕是咱们末一次坐茶馆了吧？

谢勇仁　以后我倒许常来。我决定改行，去蹬三轮儿！

于厚斋　蹬三轮一定比当小学教员强！

谢勇仁　我偏偏教体育，我饿，学生们饿，还要运动，不是笑话吗？

〔王小花跑进来。

王利发　小花，怎这么早就下了学呢？

王小花　老师们罢课啦！（看见于厚斋、谢勇仁）于老师，谢老师！你们都没上学去，不教我们啦？还教我们吧！见不着老师，同学们都哭啦！我们开了个会，商量好，以后一定都守规矩，不招老师们生气！

于厚斋　小花！老师们也不愿意耽误了你们的功课。可是，吃不上饭，怎么教书呢？我们家里也有孩子，为教别人的孩子，叫自己的孩子挨饿，不是不公道吗？好孩子，别着急，喝完茶，我们开会去，也许能够想出点办法来！

谢勇仁　好好在家温书，别乱跑去，小花！

〔王大拴由后面出来，夹着个小包。

王小花　爸，这是我的两位老师！

王大拴　老师们，快走！他们埋伏下了打手！

王利发　谁？

王大拴　小二德子！他刚出去，就回来！

王利发　二位先生，茶钱退回，（递钱）请吧！快！

王大拴　随我来！

〔小二德子上。

小二德子　街上有游行的，他妈的什么也买不着！大拴哥，你上哪儿？这俩是谁？

王大拴　喝茶的！（同于厚斋、谢勇仁往外走）

小二德子　站住！（三人还走）怎么？不听话？先揍了再说！

王利发　小二德子！

小二德子　（拳已出去）尝尝这个！

谢勇仁　（上面一个嘴巴，下面一脚）尝尝这个！

小二德子　哎哟！（倒下）

王小花　该！该！

谢勇仁　起来，再打！

小二德子　（起来，捂着脸）喝！喝！（往后退）喝！

王大拴　快走！（扯二人下）

小二德子　（迁怒）老掌柜，你等着吧，你放走了他们，待会儿我跟你算账！打不了他们，还打不了你这个糟老头子吗？（下）

王小花　爷爷，爷爷！小二德子追老师们去了吧？那可怎么好！

王利发　他不敢！这路人我见多了，都是软的欺，硬的怕！

王小花　他要是回来打您呢？

王利发　我？爷爷会说好话呀。

王小花　爸爸干什么去了？

王利发　出去一会儿，你甭管！上后边温书去吧，乖！

王小花　老师们可别吃了亏呀，我真不放心！（下）

〔丁宝跑进来。

丁　宝　老掌柜，老掌柜！告诉你点事！

王利发　说吧，姑娘！

丁　宝　小刘麻子呀，没安着好心，他要霸占这个茶馆！

王利发　怎么霸占？这个破茶馆还值得他们霸占？

丁　宝　待会儿他们就来，我没工夫细说，你打个主意吧！

王利发　姑娘，我谢谢你！

丁　宝　我好心好意来告诉你，你可不能卖了我呀！

王利发　姑娘，我还没老胡涂[1]了！放心吧！

丁　宝　好！待会儿见！（下）

---

[1] 胡涂：即糊涂。

〔周秀花回来。

周秀花　爸，他们走啦。

王利发　好！

周秀花　小花的爸说，叫您放心，他送到了地方就回来。

王利发　回来不回来都随他的便吧！

周秀花　爸，您怎么啦？干吗这么不高兴？

王利发　没事！没事！看小花去吧。她不是想吃热汤面吗？要是还有点面的话，给她作一碗吧，孩子怪可怜的，什么也吃不着！

周秀花　一点白面也没有！我看看去，给她作点杂合面疙疸汤吧！（下）

〔小唐铁嘴回来。

小唐铁嘴　王掌柜，说好了吗？

王利发　晚上，晚上一定给你回话！

小唐铁嘴　王掌柜，你说我爸爸白喝了一辈子的茶，我送你几句救命的话，算是替他还账吧。告诉你，三皇道现在比日本人在这儿的时候更厉害，砸你的茶馆比砸个砂锅还容易！你别太大意了！

王利发　我知道！你既买我的好，又好去对娘娘表表功！是吧？

〔小宋恩子和小吴祥子进来，都穿着新洋服。

小唐铁嘴　二位，今天可够忙的？

小宋恩子　忙得厉害！教员们大暴动！

王利发　二位，“罢课”改了名儿，叫“暴动”啦？

小唐铁嘴　怎么啦？

小吴祥子　他们还能反到天上去吗？到现在为止，已经抓了一百多，打了七十几个，叫他们反吧！

小宋恩子　太不知好歹！他们老老实实的，美国会送来大米、白面嘛！

小唐铁嘴　就是！二位，有大米、白面，可别忘了我！以后，给大家的坟地看风水，我一定尽义务！好！二位忙吧！（下）

小吴祥子　你刚才问，“罢课”改叫“暴动”啦？王掌柜！

王利发　岁数大了，不懂新事，问问！

小宋恩子　哼！你就跟他们是一路货！

王利发　我？您太高抬我啦！

小吴祥子　我们忙，没工夫跟你费话，说干脆的吧！

王利发　什么干脆的？

小宋恩子　教员们暴动，必有主使的人！

王利发　谁？

小吴祥子　昨天晚上谁上这儿来啦？

王利发　康大力！

小宋恩子　就是他！你把他交出来吧！

王利发　我要是知道他是哪路人，还能够随便说出来吗？我跟你们的爸爸打交道多少年，还不懂这点道理？

小吴祥子　甭跟我们拍老腔，说真的吧！

王利发　交人，还是拿钱，对吧？

小宋恩子　你真是我爸爸教出来的！对啦，要是不交人，就把你的金条拿出来！别的铺子都随开随倒，你可混了这么多年，必定有点底！

〔小二德子匆匆跑来。

小二德子　快走！街上的人不够用啦！快走！

小吴祥子　你小子管干吗的？

小二德子　我没闲着，看，脸都肿啦！

小宋恩子　掌柜的，我们马上回来，你打主意吧！

王利发　不怕我跑了吗？

小吴祥子　老梆子，你真逗气儿！你跑到阴间去，我们也会把你抓回来！（打了王利发一掌，同小宋恩子、小二德子下）

王利发　（向后叫）小花！小花的妈！

周秀花　（同王小花跑出来）我都听见了！怎么办？

王利发　快走！追上康妈妈！快！

王小花　我拿书包去！（下）

周秀花　拿上两件衣裳，小花！爸，剩您一个人怎么办？

王利发　这是我的茶馆，我活在这儿，死在这儿！

〔王小花挎着书包，夹着点东西跑回来。

周秀花　爸爸！

王小花　爷爷！

王利发　都别难过，走（从怀中掏出所有的钱和一张旧像片）媳妇，拿着这点钱！小花，拿着这个，老裕泰三十年前的像片，交给你爸爸！走吧！

〔小刘麻子同丁宝回来。

小刘麻子　小花，教员罢课，你住姥姥家去呀？

王小花　对啦！

王利发　（假意地）媳妇，早点回来！

周秀花　爸，我们住两天就回来！（同王小花下）

小刘麻子　王掌柜，好消息！沈处长批准了我的计划！

王利发　大喜，大喜！

小刘麻子　您也大喜，处长也批准修理这个茶馆！我一说，处长说好！他呀老把“好”说成“蒿”，特别有个洋味儿！

王利发　都是怎么一回事？

小刘麻子　从此你算省心了！这儿全属我管啦，你搬出去！我先跟你说好了，省得以后你麻烦我！

王利发　那不能！凑巧，我正想搬家呢。

丁　宝　小刘，老掌柜在这儿多少年啦，你就不照顾他一点吗？

小刘麻子　看吧！我办事永远厚道！王掌柜，我接处长去，叫他看看这个地方。你把这儿好好收拾一下！小丁宝，你把小心眼找来，迎接处长！带点香水，好好喷一气，这里臭哄哄的！走！（同丁宝下）

王利发　好！真好！太好！哈哈哈！

〔常四爷提着小筐进来，筐里有些纸钱和花生米。他虽年过七十，可是腰板还不太弯。

常四爷　什么事这么好哇，老朋友！

王利发　哎哟！常四哥！我正想找你这么一个人说说话儿呢！我沏一壶顶好的茶来，咱们喝喝！（去沏茶）

〔秦仲义进来。他老的不像样子了，衣服也破旧不堪。

秦仲义　王掌柜在吗？

常四爷　在！您是……

秦仲义　我姓秦。

常四爷　秦二爷！

王利发　（端茶来）谁？秦二爷？正想去告诉您一声，这儿要大改良！坐！坐！

常四爷　我这儿有点花生米，（抓）喝茶吃花生米，这可真是个乐子！

秦仲义　可是谁嚼得动呢？

王利发　看多么邪门，好容易有了花生米，可全嚼不动！多么可笑！怎样啊？秦二爷！（都坐下）

秦仲义　别人都不理我啦，我来跟你说说：我到天津去了一趟，看看我的工厂！

王利发　不是没收了吗？又物归原主啦？这可是喜事！

秦仲义　拆了！

常四爷
王利发　拆了？

秦仲义　拆了！我四十年的心血啊，拆了！别人不知道，王掌柜你知道：我从二十多岁起，就主张实业救国。到而今……抢去我的工厂，好，我的势力小，干不过他们！可倒好好地办哪，那是富国裕民的事业呀！结果，拆了，机器都当碎铜烂铁卖了！全世界，全世界找得到这样的政府找不到？我问你！

王利发　当初，我开的好好的公寓，您非盖仓库不可。看，仓库查封，货物全叫他们偷光！当初，我劝您别把财产都出手，您非都卖了开工厂不可！

常四爷　还记得吧？当初，我给那个卖小妞的小媳妇一碗面吃，您还说风凉话呢。

秦仲义　现在我明白了！王掌柜，求你一件事吧：（掏出一二机器小零件和一支钢笔管来）工厂拆平了，这是我由那儿捡来的小东西。这支笔上刻着我的名字呢，它知道，我用它签过多少张支票，写过多少计划书。我把它们交给你，没事的时候，你可以跟喝茶的人们当个笑话谈谈，你说呀：当初有那么一个不知好歹的秦某人，爱办实业。办了几十年，临完他只由工厂的土堆里捡回来这么点小东西！你应当劝告大家，有钱哪，就该吃喝嫖赌，胡作非为，可千万别干好事！告诉他们哪，秦某人七十多岁了才明白这点大道理！他是天生来的笨蛋！

王利发　您自己拿着这支笔吧，我马上就搬家啦！

常四爷　搬到哪儿去？

王利发　哪儿不一样呢！秦二爷，常四爷，我跟你们不一样：二爷财大业大心胸大，树大可就招风啊！四爷你，一辈子不服软，敢作敢当，专打抱不平。我呢，作了一辈子顺民，见谁都请安、鞠躬、作揖。我只盼着呀，孩子们有出息，冻不着，饿不着，没灾没病！可是，日本人在这儿，二拴子逃跑啦，老婆想儿子想死啦！好容易，日本人走啦，该缓一口气了吧？谁知道，（惨笑）哈哈，哈哈，哈哈！

常四爷　我也不比你强啊！自食其力，凭良心干了一辈子啊，我一事无成！七十多了，只落得卖花生米！个人算什么呢，我盼哪，盼哪，只盼国家像个样儿，不受外国人欺侮。可是……哈哈！

秦仲义　日本人在这儿，说什么合作，把我的工厂就合作过去了。咱们的政府回来了，工厂也不怎么又变成了逆产。仓库里（指后边）有多少货呀，全完！哈哈！

王利发　改良，我老没忘了改良，总不肯落在人家后头。卖茶不行啊，开公寓。公寓没啦，添评书！评书也不叫座儿呀，好，不怕丢人，想添女招待！人总得活着吧？我变尽了方法，不过是为活下去！是呀，该贿赂的，我就递包袱。我可没作过缺德的事，伤天害理的事，为什么就不叫我活着呢？我得罪了谁？谁？皇上，娘娘那些狗男女都活得有滋有味的，单不许我吃窝窝头，谁出的主意？

常四爷　盼哪，盼哪，只盼谁都讲理，谁也不欺侮谁！可是，眼看着老朋友们一个个的不是饿死，就是叫人家杀了，我呀就是有眼泪也流不出来喽！松二爷，我的朋友，饿死啦，连棺材还是我给他化缘化来的！他还有我这么个朋友，给他化了一口四块板的棺材；我自己呢？我爱咱们的国呀，可是谁爱我呢？看，（从筐中拿出些纸钱）遇见出殡的，我就捡几张纸钱。没有寿衣，没有棺材，我只好给自己预备下点纸钱吧，哈哈，哈哈！

秦仲义　四爷，让咱们祭奠祭奠自己，把纸钱撒起来，算咱们三个老头子的吧！

王利发　对！四爷，照老年间出殡的规矩，喊喊！

常四爷　（立起，喊）四角儿的跟夫，本家赏钱一百二十吊！（撒

起几张纸钱）[1]

秦仲义
王利发　一百二十吊！

秦仲义　（一手拉住一个）我没的说了，再见吧！（下）

王利发　再见！

常四爷　再喝你一碗！（一饮而尽）再见！（下）

王利发　再见！

〔丁宝与小心眼进来。

丁　宝　他们来啦，老大爷！（往屋中喷香水）

王利发　好，他们来，我躲开！（捡起纸钱，往后边走）

小心眼　老大爷，干吗撒纸钱呢？

王利发　谁知道！（下）

〔小刘麻子进来。

小刘麻子　来啦！一边一个站好！

〔丁宝、小心眼分左右在门内立好。

〔门外有汽车停住声，先进来两个宪兵。沈处长进来，

[1] 三、四十年前，北京富人出殡，要用三十二人、四十八人或六十四人抬棺材，也叫抬杠。另有四位杠夫拨旗，在四角跟随。杠夫换班须注意拨旗，以便进退有序；一班也叫一拨儿。起杠时和路祭时，领杠者须喊“加钱”——本家或姑奶奶赏给杠夫酒钱。加钱数目须夸大地喊出。在喊加钱时，有人撒起纸钱来。

穿军便服；高靴，带马刺；手执小鞭。后面跟着二宪兵。

沈处长 （检阅似的，看丁宝、小心眼，看完一个说一声）好（蒿）！

〔丁宝摆上一把椅子，请沈处长坐。

小刘麻子 报告处长，老裕泰开了六十多年，九城闻名，地点也好，借着这个老字号，做我们的一个据点，一定成功！我打算照旧卖茶，派（指）小丁宝和小心眼做招待。有我在这儿监视着三教九流，各色人等，一定能够得到大量的情报，捉拿共产党！

沈处长 好（蒿）！

〔丁宝由宪兵手里接过骆驼牌烟，上前献烟；小心眼接过打火机，点烟。

小刘麻子 后面原来是仓库，货物已由处长都处理了，现在空着。我打算修理一下，中间作小舞厅，两旁布置几间卧室，都带卫生设备。处长清闲的时候，可以来跳跳舞，玩玩牌，喝喝咖啡。天晚了，高兴住下，您就住下。这就算是处长个人的小俱乐部，由我管理，一定要比公馆里更洒脱一点，方便一点，热闹一点！

沈处长　好（蒿）！

丁　宝　处长，我可以请示一下吗？

沈处长　好（蒿）！

丁　宝　这儿的老掌柜怪可怜的。好不好给他作一身制服，叫他看看门，招呼贵宾们上下汽车？他在这儿几十年了，谁都认识他，简直可以算是老头儿商标！

沈处长　好（蒿）！传！

小刘麻子　是！（往后跑）王掌柜！老掌柜！我爸爸的老朋友，老大爷！（入。过一会儿又跑回来）报告处长，他也不是怎么上了吊，吊死啦！

沈处长　好（蒿）！好（蒿）！

——幕落·全剧终

附录

此剧幕与幕之间须留较长时间，以便人物换装，故拟由一人（也算剧中人）唱几句快板，使休息时间不显着过长，同时也可以略略介绍剧情。

第一幕　幕　前

（我）大傻杨，打竹板儿，一来来到大茶馆儿。

大茶馆，老裕泰，生意兴隆真不赖。

茶座多，真热闹，也有老来也有少；

有的说，有的唱，穿章打扮一人一个样；

有提笼，有架鸟，蛐蛐蝈蝈也都养的好；

有的吃，有的喝，没有钱的只好白瞧着。

爱下棋，（您）来两盘儿，赌一卖（碟）干炸丸子外洒胡椒盐儿。

讲排场，讲规矩，咳嗽一声都像唱大戏。

有一样，听我说：莫谈国事您得老记着。

哼！国家事（可）不好了，黄龙旗子一天倒比一天威风小。

文武官，有一宝，见着洋人赶快跑。

外国货，堆成山，外带贩卖鸦片烟。

最苦是，乡村里，没吃没穿逼得卖儿女。

官儿阔，百姓穷，朝中出了一个谭嗣同，

讲维新，主意高，还有那康有为和梁启超。

这件事，闹得凶，气得太后咬牙切齿直哼哼。

她要杀，她要砍，讲维新的都是要造反。

这些事，别多说，说着说着就许掉脑壳。

〔幕徐启。大傻杨入茶馆。

打竹板，迈大步，走进茶馆找主顾。

哪位爷，愿意听，《辕门斩子》来了穆桂英。

〔王利发来干涉。

王掌柜，大发财，金银元宝一齐来。

您有钱，我有嘴，数来宝的是穷鬼。（下）

第二幕　幕　前

打竹板，我又来，数来宝的还是没发财。

现而今，到民国，剪了小辫还是没有辙。

王掌柜，动脑筋，事事改良讲维新。

（低声）动脑筋，白费力，胳臂拧不过大腿去。

闹军阀，乱打仗，白脸的进去黑脸的上，

赵打钱，孙打李，赵钱孙李乱打一炮谁都不讲理。

为打仗，要枪炮，一堆一堆给洋人老爷送钞票。

为卖炮，为卖枪，帮助军阀你占黄河他占扬子江。

老百姓，遭了殃，大兵一到粮食牲口一扫光。

王掌柜，会改良，茶馆好像大学堂，

后边住，大学生，说话文明真好听。

就怕呀，兵野蛮，进来几个茶馆就玩完。

先别说，丧气话，给他道喜是个好办法。

他开张，我道喜，编点新词我也了不起。（下）

（又上）老裕泰，大改良，万事亨通一天准比一天强。

〔王利发　今天不打发，明天才开张哪。

明天好，明天妙，金银财宝齐来到。

〔炮响。

您开张，他开炮，明天准唱《虮蜡庙》。

〔王利发　去你的吧！

〔傻杨下。

第三幕　幕　前

树木老，叶儿稀，人老毛腰把头低。

甭说我，混不了，王掌柜的也过不好。

（他）钱也光，人也老，身上剩了一件破棉袄。

自从那，日本兵，八年占据老北京。

人人苦，没法提，不死也掉一层皮。

好八路，得人心，一阵一阵杀退日本军。

盼星星，盼月亮，盼到胜利大家有希望。

（哼）国民党，进北京，横行霸道一点不让日本兵。

王掌柜，委屈多，跟我一样半死半活着。

老茶馆，破又烂，想尽法子也没法办。

天可怜，地可怜，就是官老爷有洋钱。（下）

〔王掌柜死后，傻杨再上，见小丁宝正在落泪。

小姑娘，别这样，黑到头儿天会亮。

小姑娘，别发愁，西山的泉水向东流。

苦水去，甜水来，谁也不再作奴才。

附 录
龙须沟

（三幕六场话剧）

人物

王大妈——五十岁的寡妇，吃苦耐劳，可是胆子小，思想旧。她的大女儿已出嫁，二女儿正在议婚。母女以焊镜子的洋铁边儿和作针线活为业。简称大妈。

王二春——王大妈的二女儿，十九岁。她认识几个字，很想嫁到别处去，离开臭沟沿儿。简称二春。

丁四嫂——三十岁左右，心眼怪好，嘴可厉害，有点嘴强身子弱。她的手很伶俐，能作活挣钱。简称四嫂。

丁四爷——三十岁左右，四嫂的丈夫，三心二意的，可好可坏；蹬三轮车为业。他因厌恶门外的臭沟，工作不大起劲。简称丁四。

丁二嘎子——十二岁，丁四的儿子，不上学，天天去捡煤核儿，摸螺蛳什么的。简称二嘎。

丁小妞——二嘎的妹妹，九岁。不上学，随着哥哥乱跑。简称小妞。

程疯子——四十多岁。原是相当好的曲艺艺人，因受压迫，不能登台，搬到贫民窟来——可还穿着长衫。他有点神神气气的，不会以劳力换钱，可常帮忙别人。他会唱，尤以数来宝见长。简称疯子。

程娘子 —— 程疯子的妻，三十多岁。会作活，也会到晓市上做小买卖；虽常骂丈夫，可是甘心养活着他。疯子每称她为“娘子”，即成了她的外号。简称娘子。

赵老头 —— 六十岁，没儿没女，为人正直好义，泥水匠。简称赵老。

刘巡长 —— 四十来岁。能说会道，善于敷衍，心地很正。简称巡长。

冯狗子 —— 二十五岁。给恶霸黑旋风作狗腿。简称狗子。

刘掌柜 —— 小茶馆的掌柜，六十多岁。简称掌柜。

地痞一人。

警察二人。

青年一人。

群众数人。

第一幕

时　间　北京解放前，一个初夏的上午，昨夜下过雨。

地　点　龙须沟。这是北京天桥东边的一条有名的臭沟，沟里全是红红绿绿的稠泥浆，夹杂着垃圾、破布、死老鼠、死猫、死狗和偶尔发现的死孩子。附近硝皮作坊、染坊所排出的臭水，和久不清除的粪便，都聚在这里一齐发霉。不但沟水的颜色变成红红绿绿，而且气味也教人从老远闻见就要作呕，所以这一带才俗称为“臭沟沿”。沟的两岸，密密层层的住满了卖力气的、耍手艺的，各色穷苦劳动人民。他们终日终年乃至终生，都挣扎在那肮脏腥臭的空气里。他们的房屋随时有倒塌的危险，院中大多数没有厕所，更谈不到厨房；没有自来水，只能喝又苦又咸又发土腥味的井水；到处是成群的跳蚤，打成团的蚊子，和数不过来的臭虫，黑压压成片的苍蝇，传染着疾病。

每逢下雨，不但街道整个的变成泥塘，而且臭沟的水就漾出槽来，带着粪便和大尾巴蛆，流进居民们比街道还低的院内、屋里，淹湿了一切的东西。遇到六月下连阴雨的时候，臭水甚至带着死猫、死狗、死孩子冲到土炕上面，大蛆在满屋里蠕动着，人就仿佛是其中的一个蛆虫，也凄惨地蠕动着。

布　景　龙须沟的一个典型小杂院。院子不大，只有四间东倒西歪的破土房。门窗都是东拼西凑的，一块是老破花格窗，一块是“洋式”窗子改的，另一块也许是日本式的旧拉门儿，上边有的糊着破碎不堪发了霉的旧报纸，有的干脆钉上破木板或碎席子，即或有一半块小小的破玻璃，也已被尘土、煤烟子和风沙等等给弄得不很透亮了。

北房是王家，门口摆着水缸和破木箱，一张长方桌放在从云彩缝里射出来的阳光下，上边晒着大包袱。王大妈正在生着焊活和作饭两用的小煤球炉子。东房，右边一间是丁家，屋顶上因为漏雨，盖着半领破苇席，用破砖压着，绳子拴着，檐下挂着一条旧车胎；门上挂着补了补钉的破红布门帘，门前除了一个火炉和几件破碎三轮车零件外，几乎是一无所有。左边一间是程家，门上挂着下半截已经脱落了的破竹帘子；窗户上糊着许多香烟画片；门前有一棵发育不全的小枣树，借着枣树搭起一个小小的喇叭花架子。架的下边，靠左上角有一座泥砌的柴灶。程娘子正在用捡来的柴棍儿烧火，蒸窝窝头，给疯子预备早饭。（这一带的劳动人民，大多数一天只吃两顿饭。）柴灶的后边是塌倒了的半截院墙墙角，从这里可以看见远处的房子，稀稀落落的电线杆子，和一片阴沉的天空。南边中间是这个小杂院的大门，又低又窄，出来进去总得低头。大门外是一条狭窄的小巷，对面有一所高大而破旧的房子，房角上高高的悬着一块金字招牌“当”。左边中间又是一段破墙，左下是赵老头儿所住的一间屋子，门关着，门前放着泥瓦匠所用的较大工具；一条长凳，一口倒放着的破缸，缸后堆着垃圾，碎砖头。娘子的香烟摊子，出卖的茶叶和零星物品，就暂借这些地方晒着。满院子横七竖八的绳子上，晒着各家的破衣破被。脚下全是湿泥，有的地方垫着炉灰，砖头或木板。房子的墙根墙角全发了霉，生了绿苔。天上的云并没有散开，乌云在移动着，太阳一阵露出来，一阵又藏进去。

〔**幕启：** 门外陆续有卖青菜的、卖猪血的、卖驴肉的、卖豆腐的、剃头的、买破烂的和“打鼓儿”的声音，还有买菜还价的争吵声，附近有铁匠作坊的打铁声，织布声，作洋铁盆洋铁壶的敲打声。

〔程娘子坐在柴灶前的小板凳上添柴烧火。小妞子从大门前的墙根搬过一些砖头来，把院子铺出一条走道。丁四嫂正在用破盆在屋门口舀屋子里渗进去的雨水。二春抱着几件衣服走出来，仰着头正看刚露出来的太阳，把衣服搭在绳子上晒。大妈生好了煤球炉子，仰头看着天色，小心翼翼地抱起桌上的大包袱来，往屋里收。二春正走到房门口，顺手接进去。大妈从门口提一把水壶，往水缸走去，可是不放心二春抱进去的包袱，眼睛还盯在二春的身上。大妈用水瓢由水缸里取水，置壶炉上，坐下，开始作活。

四　嫂　（递给妞子一盆水）你要是眼睛不瞧着地，摔了盆，看我不好好揍你一顿！

小　妞　你怎么不管哥哥呢？他一清早就溜出去，什么事也不管！

四　嫂　他？你等着，等他回来，我不揍扁了他才怪！

小　妞　爸爸呢，干脆就不回来！

四　嫂　甭提他！他回来，我要不跟他拚命，我改姓！

疯　子　（在屋里，数来宝）叫四嫂，别去拚，一日夫妻百日恩！

娘　子　（把隔夜的窝头蒸上）你给我起来，屋里精湿的，躺什么劲儿！

疯　子　叫我起，我就起，尊声娘子别生气！

小　妞　疯大爷，快起呀，跟我玩！

四　嫂　你敢去玩！快快倒水去，弄完了我好作活！晌午的饭还没辙哪！

疯　子　（穿破夏布大衫，手持芭蕉扇，一劲地扇，似欲赶走臭味；出来，向大家点头）王大妈！娘子！列位大嫂！姑娘们！

小　妞　（仍不肯去倒水）大爷！唱！唱！我给你打家伙！

四　嫂　（过来）先干活儿！倒在沟里去！（妞子出去）

娘　子　你这么大的人，还不如小妞子呢！她都帮着大人作点事，看你！

疯　子　娘子差矣！（数来宝）想当初，在戏园，唱玩艺，挣洋钱，欢欢喜喜天天像过年！受欺负，丢了钱，臭鞋、臭袜、臭沟、臭水、臭人、臭地熏得我七窍冒黑烟！（弄水洗脸）

娘　子　你呀！我这辈子算倒了霉啦！

四　嫂　别那么说，他总比我的那口子强点，他不是这儿（指头部）有点毛病吗？我那口子没毛病，就是不好好地干！拉不着钱，他泡蘑菇；拉着钱，他能一下子都喝了酒！

疯　子　（一边擦脸，一边说）我这里，没毛病，臭沟熏得我不爱动。

〔外面有吆喝豆腐声。

疯　子　有一天，沟不臭，水又清，国泰民安享太平。（坐下吃窝头）

小　妞　（进来，模仿数来宝的竹板声）呱唧呱唧呱唧呱。

娘　子　（提起香烟篮子）王大妈，四嫂，多照应着点，我上市去啦。

大　妈　街上全是泥，你怎么摆摊子呢？

娘　子　我看看去！我不弄点钱来，吃什么呢？这个鬼地方，一阴天，我心里就堵上个大疙瘩！赶明儿六月连阴天，就得瞪着眼挨饿！（往外走，又立住）看，天又阴得很沉！

小　妞　妈，我跟娘子大妈去！

四　嫂　你给我乖乖地在这里，哪儿也不准去！（扫阶下的地）

小　妞　我偏去！我偏去！

娘　子　（在门口）妞子，你等着，我弄来钱，一定给你带点吃的来。乖！外边呀，精湿烂滑的，滑到沟里去可怎么办！

疯　子　叫娘子，劳您驾，也给我带个烧饼这么大。（用手比，有碗那么大）

娘　子　你呀，呸！烧饼，我连个芝麻也不会给你买来！（下）

小　妞　疯大爷，娘子一骂你，就必定给你买好吃的来！

四　嫂　唉，娘子可真有本事！

疯　子　谁说不是！我不是不想帮忙啊，就是帮不上！看她这么打里打外的，我实在难受！可是……唉！什么都甭说了！

赵　老　（出来）哎哟！给我点水喝呀！

疯　子　赵大爷醒啦！

二　春
小　妞　（跑过去）怎么啦？怎么啦？

大　妈　只顾了穷忙，把他老人家忘了。二春，先坐点开水！

二　春　（往回跑）我找汆子去。（入屋中）

四　嫂　（开始坐在凳上作活）赵大爷，你要点什么呀？

疯　子　丁四嫂，你很忙，侍候病人我在行！

二　春　（提汆子出来，将壶中水倒入汆子，置炉上，去看看缸）妈，水就剩了一点啦！

小　妞　我弄水去！

四　嫂　你歇着吧！那么远，满是泥，你就行啦？

疯　子　我弄水去！不要说，我无能，沏茶灌水我还行！帮助人，真体面，甚么活儿我都干！

大　妈　（立起）大哥，是发疟子吧？

赵　老　（点头）唉！刚才冷得要命，现在又热起来啦！

疯　子　王大妈，给我桶。

大　妈　四嫂，教妞子帮帮吧！疯子笨手笨脚的，再滑到臭沟里去！

四　嫂　（迟顿了一下）妞子，去吧！可留点神，慢慢走！

小　妞　疯大爷，咱们俩先抬一桶；来回二里多地哪！多了抬不动！（找到木棍）你拿桶。

二　春　（把桶递给疯子）不脱了大褂呀？省得溅上泥点子！

疯　子　（接桶）我里边，没小褂，光着脊梁不像话！

小　妞　呱唧呱唧呱唧呱。（同疯子下）

大　妈　大哥，找个大夫看看吧？

赵　老　有钱，我也不能给大夫啊！唉！年年总有这么一场，还老在这个时候！正是下过雨，房倒屋塌，有活作的时候，偏发疟子！打过几班儿呀，人就软得像棉花！多么要命！给我点水喝呀，我渴！

大　妈　二春，扇扇火！

赵　老　善心的姑娘，行行好吧！

四　嫂　赵大爷，到药王庙去烧股香，省得疟子鬼儿老跟着您！

二　春　四嫂，蚊子叮了才发疟子呢。看咱们这儿，蚊子打成团。

大　妈　姑娘人家，少说话；四嫂不比你知道的多！（又坐下）

二　春　（倒了一黄砂碗开水，送到病人跟前）您喝吧，赵大爷！

赵　老　好姑娘！好姑娘！这碗热水救了老命喽！（喝）

二　春　（看赵老用手赶苍蝇，借来四嫂的芭蕉扇给他扇）赵大爷，我这可真明白了姐姐为什么一去不回头！

大　妈　别提她，那个没良心的东西！把她养大成人，聘出去，她会不来看我一眼！二春，你别再跟她学，扔下妈妈没人管！

二　春　妈，您也难怪姐姐。这儿是这么脏，把人熏也熏疯了！

大　妈　这儿脏，可有活儿干呢！九城八条大街，可有哪儿能像这里挣钱这么方便？就拿咱们左右的邻居说，这么多人家里只有程疯子一个闲人。地方干净有什么用，没的吃也得饿死！

二　春　这儿挣钱方便，丢钱也方便。一下雨，摆摊子的摆不上，卖力气的出不去，不是瞪着眼挨饿？臭水往屋里跑，把什么东西都淹了；哪样不是钱买的？

四　嫂　哼，昨儿个夜里，我蹲在炕上，打着伞，把这些背心顶在头上。自己的东西弄湿了还好说，弄湿了活计，赔得起吗！

二　春　因为脏，病就多。病了耽误作活，还得花钱吃药！

大　妈　别那么说。俗话说得好："不干不净，吃了没病！"我在这儿住了几十年，还没敢抱怨一回！

二　春　赵大爷，您说。您年年发疟子，您知道。

大　妈　你教大爷歇歇吧，他病病歪歪的！我明白你的小心眼里都憋着什么坏呢！

二　春　我憋着什么坏？您说！

大　妈　哼，没事儿就往你姐姐那儿跑。她还不唧唧咕咕，说什么龙须沟脏，龙须沟臭！她也不想想，这是她生身之地；刚离开这儿几个月，就不肯再回来，说一到这儿就要吐；真遭罪呀！甭你小眼睛眨巴眨巴地看着我！我不再上当，不再把女儿嫁给外边人！

二　春　那么我一辈子就老在这儿？连解手儿都得上外边去？

大　妈　这儿不分男女，只要肯动手，就有饭吃；这是真的，别的都是瞎扯！这儿是宝地！要不是宝地，怎么越来人越多？

二　春　没看见过这样的宝地！房子没有一间整的，一下雨就砸死人，宝地！

赵　老　姑娘，有水再给我点！

二　春　（接碗）有，那点水都是您的！

赵　老　那敢情好！

大　妈　您不吃点什么呀？

赵　老　不想吃，就是渴！

四　嫂　发疟子伤气，得吃呀，赵大爷！

二　春　（端来水）给您！

赵　老　劳驾！劳驾！

二　春　不劳驾！

赵　老　姑娘，我告诉你几句好话。

二　春　您说吧！

赵　老　龙须沟啊，不是坏地方！

大　妈　我说什么来着？赵大爷也这么说不是？

赵　老　地好，人也好。就有两个坏处。

二　春　哪两个？

四　嫂　（拿着活计凑过来）您说说！

赵　老　作官的坏，恶霸坏！

大　妈　大哥，咱们说话，街上听得见，您小心点！

〔天阴上来，阳光被云遮住。

赵　老　我知道！可是，我才不怕！六十岁了，也该死了，我怕什么？

大　妈　别那么说呀，好死不如赖活着！

赵　老　作官儿的坏……

〔刘巡长，腰带在手中拿着，像去上班的样子，由门外经过。

大　妈　（打断赵老的话）赵大爷，有人……（二春急跑到大门口去看）二春，过来！

二　春　（在门口）刘巡长！

四　嫂　（跑到门口）刘巡长，进来坐坐吧！

巡　长　四嫂子，我该上班儿了。

四　嫂　进来坐坐，有话跟您说！

巡　长　（走进来）有什么话呀？四嫂！

四　嫂　您给二嘎子……

大　妈　啊，刘巡长，怎么这么闲在呀？

巡　长　我正上班儿去，四嫂子把我叫住了。（转身）赵大爷，您好吧？

大　妈　哪儿呀，又发上疟子啦！

巡　长　这是怎么说的！吃药了吗？

赵　老　我才不吃药!

巡　长　总得抓剂药吃!你要是老不好，大妈，四嫂都得给您端茶送水的……

二　春　不要紧，有我侍候他呢!

巡　长　那也耽误作活呀!这院儿里谁也不是有仨有俩的。就拿四嫂说，丁四成天际不照面……

四　嫂　可说的是呢!我请您进来，就为问问您给二嘎子找个地方学徒的事，怎么样了呢?

巡　长　我没忘了，可是，唉，这年月，物价一天翻八个跟头，差不多的规矩买卖全关了门，您叫我上哪儿给他找事去呢!

大　妈　唉，刘巡长的话也对!

四　嫂　刘巡长，二嘎子呀可是个肯下力、肯吃苦的孩子!您就多给分分心吧!

巡　长　得，四嫂，我必定在心!我说四嫂，教四爷可留点神，别喝了两盅，到处乱说去!(低声)前儿个半夜里查户口，又弄下去五个!硬说人家是……(回头四望，作“八”的手式)是这个!多半得……唉，都是中国人，何必呢?这玩艺，我可不能干!

赵　老　对!

四　嫂　听说那回放跑了俩，是您干的呀?

巡　长　我的四奶奶!您可千万别瞎聊啊，您要我的脑袋搬家是怎着?

四　嫂　您放心，没人说出去！

二　春　刘巡长，您不会把二嘎子荐到工厂去吗？我还想去呢！

四　嫂　对，那敢情好！

大　妈　二春，你又疯啦？女人家上工厂！

巡　长　正经工厂也都停了车啦！您别忙，我一定给想办法！

四　嫂　我谢谢您啦！您坐这儿歇歇吧！

巡　长　不啦，我待不住！

四　嫂　歇一会儿，怕什么呢？（把疯子的板凳送过来，刘巡长只好坐下）

赵　老　我刚才说的对不对？作官的坏！作官的坏，老百姓就没法活下去！大小的买卖、工厂，全教他们接收的给弄趴下啦，就剩下他们自己肥头大耳朵地活着！

二　春　要不穷人怎么越来越多呢！

大　妈　二春，你少说话！

赵　老　别的甭说，就拿咱们这儿这条臭沟说吧，日本人在这儿的时候，咱们捐过钱，为挖沟，沟挖了没有？

二　春　没有！捐的钱也没影儿啦！

大　妈　二春，你过来！（二春走回去）说话小心点！

赵　老　日本人滚蛋了以后，上头说把沟堵死。好嘛，沟一堵死，下点雨，咱们这儿还不成了海？咱们就又捐了钱，说别堵啊，得挖。可是，沟挖了没有？

四　嫂　他妈的，那些钱又教他们给吃了，丫头养的！

大　妈　四嫂，嘴里干净点，这儿有大姑娘！

二　春　他妈的！

大　妈　二春！

赵　老　程疯子常说什么“沟不臭，水又清，国泰民安享太平。”他说得对，他不疯！有了清官，才能有清水。我是泥水匠，我知道：城里头，大官儿在哪儿住，哪儿就修柏油大马路；谁作了官，谁就盖高楼大瓦房。咱们穷人哪，没人管！

巡　长　一点不错！

四　嫂　捐了钱还教人家白白的吃了去！

赵　老　有那群作官的，咱们永远得住在臭沟旁边。他妈的，你就说，全城到处有自来水，就是咱们这儿没有！

大　妈　就别抱怨啦，咱们有井水吃还不念佛？

四　嫂　苦水呀，王大妈！

大　妈　也不太苦，二性子！

二　春　妈，您怎这么会对付呢？

大　妈　你不将就，你想跟你姐姐一样，嫁出去永远不回头！你连一丁点孝心也没有！

赵　老　刘巡长，上两次的钱，可都是您经的手！我问你，那些钱可都上哪儿去了？

巡　长　您问我，我可问谁去呢？反正我一心无愧！（站起来，走到赵老面前）要是我从中赚过一个钱，天上现在有云彩，教我五雷轰顶！人家搂钱，我挨骂，您说我冤枉不冤枉！

赵　老　街坊四邻倒是都知道你的为人，都说你不错！

巡　长　别说了，赵大爷！要不是一家五口累赘着我呀！我早就远走高飞啦，不在这儿受这份窝囊气！

赵　老　我明白，话又说回来，咱们这儿除了官儿，就是恶霸。他们偷，他们抢，他们欺诈，谁也不敢惹他们。前些日子，张巡官一管，肚子上挨了三刀！这成什么天下！

巡　长　他们背后有撑腰的呀，杀了人都没事！

大　妈　别说了，我直打冷战！

赵　老　别遇到我手里！我会跟他们拚！

大　妈　新鞋不踩臭狗屎呀！您到茶馆酒肆去，可千万留点神，别乱说话！

赵　老　你看着，多咱他们欺负到我头上来，我教他们吃不了兜着走。

巡　长　我可真该走啦！今儿个还不定有什么蜡坐呢！（往外走）

四　嫂　（追过去）二嘎子的事，您可给在点心哪！刘巡长。

巡　长　就那么办，四嫂！（下）

四　嫂　我这儿道谢啦！

大　妈　要说人家刘巡长可真不错！

赵　老　这样的人就算难得！可是，也作不出什么事儿来！

四　嫂　他想办出点事来，一个人也办不成呀！

〔丁四无精打采地进来。

四　嫂　嗨！你还回来呀？！

丁　四　你当我爱回来呢！

四　嫂　不爱回来，就再出去！这儿不短你这块料！

〔丁四不语，打着呵欠直向屋子走去。

四　嫂　（把他拦住）拿钱来吧！

丁　四　一回来就要钱哪？

四　嫂　那怎么着？！家里还揭不开锅呢！

丁　四　揭不开锅？我在外边死活你管了吗？

四　嫂　我们娘儿个死活谁管呢？甭废话，拿钱来。

丁　四　没钱！

四　嫂　钱哪儿去啦？

丁　四　交了车份。

四　嫂　甭来这一套！你当我不知道呢！不定又跑到哪儿喝酒去了。

丁　四　那你管不着。太爷我自个挣的自个花，你打算怎么着吧！你说！

四　嫂　我打算怎么着？这破家又不是我一个人的！好吧！咱谁也甭管！（说着把活计扔下）

丁　四　你他妈的不管，活该！

四　嫂　怎么着？你一出去一天，回来磅子儿没有，临完了，把钱都喝了猫儿尿！

丁　四　我告诉你，少管我的闲事！

四　嫂　什么？不管？家里揭不开锅，你可倒好……

丁　四　我不对，我不该回来，太爷我走！

〔四嫂扯住丁四，丁四抄起门栓来要打四嫂，二春跑过去把门栓抢过来。

赵　老　（大吼）丁四！

〔丁四被赵老的怒吼声震住，低头不语，往屋门口走。四嫂坐下哭，二春蹲下去劝。

赵　老　这是你们丁家的事，按理说我可不该插嘴，不过咱们爷儿们住街坊，也不是一年半年啦，总算是从小儿看你长大了的，我今儿个可得说几句讨人嫌的话……

丁　四　（颓唐地坐下）赵大爷，您说吧！

赵　老　四嫂，你先别这么哭，听我说。（四嫂止住哭声）你昨儿晚上干什么去啦？你不知道家里还有三口子张着嘴等着你哪？孩子们是你的，你就不惦记着吗？

丁　四　（眼泪汪汪地）不是，赵大爷！我不是不惦记孩子，昨儿个整天的下雨，没什么座儿，挣不着钱！晚上在小摊儿坐着，您猜怎么着，晌午六万一斤的大饼，晚上就十二万啦！好家伙，交完车份儿，就没了钱了。东西一天翻十八个跟头，您不是不知道！

赵　老　唉！这个物价呀，就要了咱们穷人的命！可是你有钱没钱也应该回家呀，总不照面儿不是一句话啊！就说为你自个儿想，半夜三更住在外边，够多悬哪！如今晚儿天天半夜里查户口，一个说不对劲儿，轻了把你拉去当壮丁，当炮灰，重了拿你当八路，弄去灌凉水轧杠子，磨成了灰还不知道是怎样死的呢！

丁　四　这我都知道。他妈的我们蹬三轮儿的受的这份气，就甭提了。就拿昨儿个说吧，好容易遇上个座儿，一看，可倒好，是个当兵的。没法子，拉吧，打永定门一直转游到德胜门脸儿，上边淋着，底下蹚着，汗珠子从脑瓜顶儿直流到脚底下。临完，下车一个子儿没给还不算，还差点给我个大脖拐！他妈的，坐完车不给钱，您说是什么人头儿！我刚交了车，一看掉点儿了，我就往家里跑。没几步，就滑了我俩大跟头，您不信瞅瞅这儿，还有伤呢！我一想，这溜儿更过不来啦，怕掉到沟里去，就在刘家小茶馆蹲了半夜。我没睡好，提心吊胆的，怕把我拉走当壮丁去！跟您说吧，有这条臭沟，谁也甭打算好好的活着！

〔四邻的工作声——打铁、风箱、织布声更大了一点。

四　嫂　甭拉不出屎来怨茅房！东交民巷、紫禁城倒不臭不脏，也得有尊驾的份儿呀！你听听，街坊四邻全干活儿，就是你没有正经事儿。

丁　四　我没出去拉车？我天天光闲着来着？

四　嫂　五行八作，就没您这一行！龙须沟这儿的人都讲究有个正经行当！打铁，织布，硝皮子，都成一行；你算哪一行？

丁　四　哼，有这一行，没这一行，蹬上车我可以躲躲这条臭沟！我是属牛的，不属臭虫，专爱这块臭地！

赵　老　丁四,四嫂，都少说几句吧……（刘巡长上）怎么，刘巡长……

巡　长　我说今儿个又得坐蜡不是？

四　嫂　刘巡长，什么事呀？

巡　长　唉，没法子，又教我来收捐！

全　体　什么，又收捐！？

巡　长　是啊，您说这教我多为难？

丁　四　家家连窝头都混不上呢，还交得起他妈的捐！

巡　长　说得是啊！可是上边交派下来，您教我怎么办？

赵　老　我问你，今儿个又要收什么捐？

巡　长　反正有个“捐”字，您还是养病要紧，不必细问了。捐就是捐，您拿钱，我收了交上去，咱们心里就踏实啦。

赵　老　你说说，我听听！

巡　长　您老人家一定要知道，跟您说吧！这一回是催卫生捐。

赵　老　什么捐？

巡　长　卫生捐。

赵　老　（狂笑）卫生捐？卫生——捐！（再狂笑）丁四，哪儿是咱们的卫生啊！刘巡长，谁出这样的主意，我肏他的八辈祖宗！（丁四搀他入室）

巡　长　唉！我有什么办法呢？

大　妈　您可别见怪他老人家呀！刘巡长！要是不发烧，他不会这么乱骂人！

二　春　妈，你怎这么怕事呢？看看咱们这个地方，是有个干净的厕所，还是有条干净的道儿？谁都不管咱们，咱们凭什么交卫生捐呢？

大　妈　我的小姑奶奶，你少说话！巡长，您多担待，她小孩子，不懂事！

巡　长　王大妈，唉，我也是这儿的人！你们受什么罪，我受什么罪！别的就不用说了！（要走）

大　妈　不喝碗茶呀？真，您办的是官事，不容易！

巡　长　官事，对，官事！哈哈！

四　嫂　大估摸一家得出多少钱呢？

丁　四　（由赵老屋中出来）你必得问清楚，你有上捐的瘾！

四　嫂　你没有那个瘾，交不上捐你去坐监牢，德行！

丁　四　刘巡长，您对上头去说吧，给我修好了路，修好了沟，我上捐。不给我修啊，哼，我没法拉车，也就没钱上捐；要命有命，就是没钱！

巡　长　四爷，您是谁？我是谁？能跟上头说话？

大　妈　丁四，你就别为难巡长了吧！当这份差事，不容易！

〔程疯子与小妞抬着水桶，进来。

疯　子　借借光，水来了！刘巡长，您可好哇？

巡　长　疯哥你好？

〔大妈把缸盖连菜刀，搬到自己坐的小板凳上，二春接过桶去，和大妈抬着往缸里倒，疯子也想过去帮忙。

丁　四　喝，两个人才弄半桶水来？

小　妞　疯大爷晃晃悠悠，要摔七百五十个跟头，水全洒出去啦！

二　春　没有自来水，可要卫生捐！

巡　长　我又不是自来水公司，我的姑娘！再见吧！（下）

丁　四　（对程疯子）看你的大褂，下边成了泥饼子啦！

疯　子　黑泥点儿，白大褂儿，看着好像一张画儿。（坐下，抠大衫上的泥）

丁　四　凭这个，咱们也得上卫生捐！

四　嫂　上捐不上捐吧，你该出去奔奔，午饭还没辙哪！

丁　四　小茶馆房檐底下，我蹲了半夜，难道就不得睡会儿吗？

四　嫂　那，我问你今儿个吃什么呢？

丁　四　你问我，我问谁去？

大　妈　别着急，老天爷饿不死瞎家雀儿！要不然这么着吧，先打我这儿拿点杂合面去，对付过今儿个，教丁四歇歇，明儿蹬进钱来再还我。

丁　四　王大妈，这合适吗？

大　妈　这算得了什么！你再还给我呀！快睡觉去吧！（推丁四下）

〔丁四低头入室。二春早已跑进屋去，端出一小盆杂合面来，往丁四屋里送，四嫂跟进去。

二　春　四嫂，搁那儿呀？

四　嫂　（感激地）哎哟，二妹妹，交给我吧！（下）

〔二嘎子跑进来，双手捧着个小玻璃缸。

二　嘎　妞子，小妞，快来！看！

小　妞　（跑过来）哟，两条小金鱼！给我！给我！

二　嘎　是给你的！你不是从过年的时候，就嚷嚷着要小金鱼吗？

小　妞　（捧起缸儿来）真好！哥，你真好！疯大爷，来看哪！两条！两条！

疯　子　（像小孩似的，蹲下看鱼。学北京卖金鱼的吆喝）卖大小——小金鱼儿咧。

四　嫂　（上）二嘎子，你一清早就跑出去，是怎回事？说！

二　嘎　我……

四　嫂　金鱼是哪儿来的？

二　嘎　卖鱼的徐六给我的。

四　嫂　他为什么那么爱你呢？不单给鱼，还给小缸！瞧你多有人缘哪！你给我说实话！我们穷，我们脏，我们可不偷！说实话，要不然我揍死你！

丁　四　（在屋内）二嘎子偷东西啦？我来揍他！

四　嫂　你甭管！我会揍他！二嘎子，把鱼给人家送回去！你要是不去，等你爸爸揍上你，可够你受的！去！

小　妞　（要哭）妈，我好容易有了这么两条小鱼！

二　春　四嫂，咱们这儿除了苍蝇，就是蚊子，小妞子好容易有了两条小鱼，让她养着吧！

四　嫂　我可也不能惯着孩子作贼呀！

疯　子　（解大衫）二嘎子，说实话，我替你挨打跟挨骂！

二　嘎　徐六教我给看着鱼挑子，我就拿了这个小缸，为妹妹拿的，她没有一个玩艺儿！

疯　子　（脱下大衫）拿我的大褂还徐六去！

四　嫂　那怎么能呢？两条小鱼儿也没有那么贵呀！

疯　子　只要小妞不落泪，管什么金鱼贵不贵！

二　春　（急忙过来）疯哥，穿上大褂！（把两张票子给二嘎）二嘎子，快跑，给徐六送去。

〔二嘎接钱飞跑而去。

四　嫂　你快回来！

〔天渐阴。

四　嫂　二妹妹，哪有这么办的呢！小妞子，还不过去谢谢王奶奶跟二姑姑哪？

小　妞　（捧着缸儿走过去）奶奶，二姑姑，道谢啦！

大　妈　好好养着哟，别教野猫吃了哟！

小　妞　（把缸儿交给疯子）疯大爷，你给我看着，我到金鱼池，弄点闸草来！红鱼，绿闸草，多么好看哪！

四　嫂　一个人不能去，看掉在沟里头！

〔四嫂刚追到大门口，妞子已跑远。狗子由另一个地痞领着走来，那个地痞指指门口，狗子大模大样走进来。另个地痞下。

四　嫂　嗨，你找谁？

狗　子　你姓什么？

四　嫂　我姓丁。找谁？说话！别满院子胡蹓跶！

狗　子　姓程的住哪屋？

二　春　你找姓程的有什么事？

大　妈　少多嘴。（说着想往屋里推二春）

狗　子　小丫头片子，你少问！

二　春　问问怎么了？

大　妈　我的小姑奶奶，给我进去！

二　春　我凭什么进去呀？看他把我怎么样！（大妈已经把二春推进屋中，关门，两手紧把着门口）

狗　子　（一转身看见疯子）那是姓程的不是？

四　嫂　他是个疯子，你找他干什么？

大　妈　是啊，他是个疯子。

狗　子　（与大妈同时）他妈的老娘儿们少管闲事！（向疯子）小子，你过来！

二　春　你别欺负人！

大　妈　（向屋内的二春）我的姑奶奶，别给我惹事啦！

四　嫂　他疯疯癫癫的，你有话跟我说好啦。

狗　子　（向四嫂）你这娘们再多嘴，我可揍扁了你！

四　嫂　（搭讪着后退）看你还怪不错的呢！

疯　子　（为了给四嫂解除威胁，自动地走过来）我姓程，您哪，有什么话您朝着我说吧！

狗　子　小子，你听着，我现在要替黑旋风大太爷管教管教你。不管他妈的是你，是你的女人，还是你的街坊四邻，都应当记住：你们上晓市作生意，要有黑旋风大太爷的人拿你们的东西，就是赏你们脸。今天，我姓冯的，冯狗子，赏给你女人脸，拿两包烟卷，她就喊巡警，不知死的鬼！我不跟她打交道，她是个不禁揍的老娘们；我来管教管教你！

娘　子　（挎着被狗子踢坏了的烟摊子，气愤，忍泪，低着头回来。刚到门口，看见狗子正发威）冯狗子！你可别赶尽杀绝呀！你硬抢硬夺，踢了我的摊子不算，还赶上门来欺负人！

〔四嫂接过娘子的破摊子，娘子向狗子奔去。

狗　子　（放开疯子，慢慢一步一步紧逼娘子）踢了你的摊子是好的，惹急了咱爷儿们，教你出不去大门！

娘　子　（理直气壮地，但是被逼得往后退）你讲理不讲理？你凭什么这么霸道？走，咱们还是找巡警去！

狗　子　（示威）好男不跟女斗。（转向疯子）小子，我管教管教你！（狠狠地打疯子几个嘴巴，打的顺口流血）

〔疯子老实地挨打，在流泪；娘子怒火冲天，不顾一切地冲向狗子拼命，却被狗子一把抓住。

〔二春正由屋内冲出，要打狗子，大妈惊慌地来拉二春，四嫂想救娘子又不敢上前。

赵　老　（由屋里气得颤巍巍地出来）娘子，四奶奶，躲开！我来斗斗他！打人，还打个连苍蝇都不肯得罪的人，要造反吗？（拿起大妈的切菜刀）

狗　子　老梆子你管他妈的什么闲事，你身上也痒痒吗？

大　妈　（看赵老拿起她的切菜刀来）二嘎的妈！娘子！拦住赵

大爷，他拿着刀哪！

赵　老　我宰了这个王八蛋！

娘　子　宰他！宰他！

二　春　宰他！宰他！

四　嫂　（拉着娘子，截住赵老）丁四，快出来，动刀啦！

大　妈　（对冯狗子）还不走吗？他真拿着刀呢！

狗　子　（见势不佳）搁着你的，放着我的，咱们走对了劲儿再瞧。（下）

二　春　你敢他妈的再来！

丁　四　（揉着眼出来）怎回事？怎回事？

四　嫂　把刀抢过来！

丁　四　（过去把刀夺过来）赵大爷，怎么动刀呢！

大　妈　（急切地）赵大爷！赵大爷！您这是怎么嘹？怎么得罪黑旋风的人呢？巡官、巡长，还让他们扎死呢，咱们就惹得起他们啦？这可怎么好呕！

赵　老　欺负到程疯子头上来，我受不了！我早就想斗斗他们，龙须沟不能老是他们的天下！

大　妈　娘子，给疯子擦擦血，换件衣裳！赶紧走，躲躲去！冯狗子调了人来，还了得！丁四，陪着赵大爷也躲躲去，这场祸惹得不小！

娘　子　我骂疯子，可以；别人欺负他，可不行！我等着冯狗子……

大　妈　别说了，还是快走吧！

赵　老　我不走！我拿刀等着他们！咱们老实，才会有恶霸！咱们敢动刀，恶霸就夹起尾巴跑！我不发烧了，这不是胡话。

大　妈　看在我的脸上，你躲躲！我怕打架！他们人多，不好惹！打起来，准得有死有活！

赵　老　我不走，他们不会来！我走，他们准来！

丁　四　您的话说对了！我还睡我的去！（入室）

娘　子　疯子，要死死在一块，我不走！

大　妈　这可怎么好呕！怎么好呕！

二　春　妈，您怎这么胆小呢！

大　妈　你大胆儿！你不知道他们多么厉害！

疯　子　（悲声地）王大妈，丁四嫂，说来说去都是我不好！（颓丧地坐下）想当初，我在城里头作艺，不肯低三下四地侍候有势力的人，教人家打了一顿，不能再在城里登台。我到天桥来下地，不肯给胳臂钱，又教恶霸打个半死，把我扔在天坛根。我缓醒过来，就没离开这龙须沟！

娘　子　别紧自伤心啦！

二　春　让他说说，心里好痛快点呀！

疯　子　我是好人，二姑娘，好人要是没力气啊，就成了受气包儿！打人是不对的，老老实实地挨打也不对！可是，我只能老老实实地挨打……哼，我不想作事吗？老教娘子一个人去受累，成什么话呢！

娘　子　（感动）别说啦！别说啦！

疯　子　可是我没力气，作小工子活，不行；我只是个半疯子！（要犯疯病）对，我走！走！打不过他们，我会躲！

〔二嘎子跑进来，截住疯子。

二　嘎　妈，我把钱交给了徐六，他没说什么。妈，远处又打闪哪！又要下雨！

娘　子　（拉住疯子）别再给我添麻烦吧，疯子！

四　嫂　（看看天，天已阴）唉！老天爷，可怜可怜穷人，别再下雨吧！屋子里，院子里，全是湿的，全是脏水，教我往哪儿藏，哪儿躲呢！有雷，去霹那些恶霸；有雨，往田里下；别折磨我们这儿的穷人了吧！

〔隐隐有雷声。

疯　子　（呆立看天）上哪儿去呢？天下可哪有我的去处呢？

〔雷响。

娘　子　快往屋里抢东西吧！

〔大家都往屋里抢东西，乱成一团，暴雨下来。

〔巡长跑上。

巡　长　了不得啦！妞子掉在沟里啦！

众　人　妞子……（争着往外跑）

四　嫂　（狂喊）妞子！（跑下）

——狂风大雨中幕徐闭

第二幕

第一场

时　间　北京解放后。小妞子死后一周年。一黑早。

地　点　同前幕。

布　景　黎明之前，满院子还是昏黑的，只隐约的看得见各家门窗的影子。大门外，那座当铺已经变成了“工人合作社”。街灯恰好把它的匾照得很亮。天色逐渐发白以后，露出那小杂院来，比第一幕略觉整洁，部分的窗户修理过了，院里的垃圾减少了，丁四屋顶的破席也不见了。

〔**幕启：** 赵老头起得最早。出了屋门，看了看东方的朝霞，笑了笑，开了街门，拿起笤帚，打扫院子。这时有远处驻军早操喊“一二三——四”声，军号练习声，鸡叫声，大车走的辘辘声等。

〔冯狗子把帽沿拉得很低，轻轻进来，立于门侧。

〔赵老头扫着扫着，一抬头。

赵　老　谁？

狗　子　（把帽沿往上一推，露出眼来）我！有话，咱们到坛根[1]去说。

赵　老　有话哪儿都能说，不必上坛根儿！

狗　子　（笑嘻嘻地）不是您哪，黑旋风的命令……

赵　老　黑旋风是什么玩艺儿？给谁下命令？

狗　子　给我的命令！您别误会。我奉他的命令，来找您谈谈。

赵　老　你知道，北京已经解放了！

狗　子　因为解放了，才找您谈谈。

赵　老　解放了，好人抬头，你们坏蛋不大得烟儿抽，是不是？是不是要谈这个？

狗　子　咱们说话别带脏字！我问你，你当了这一带的治安委员啦？

赵　老　那不含糊，大家抬举我，举我当了委员！

狗　子　听说你给派出所当军师，抓我们的人；前后已经抓去三十多个了！

赵　老　大家选举我当委员，我就得为大家出力。好人，我帮忙；坏人，我斗争。

狗　子　哼，你也要成为一霸？

赵　老　黑旋风是一霸，我是恶霸的对头！这不由今儿个起，你知道。

狗　子　哟，也许在解放前，你就跟共产党勾着呢？

---

[1] 过去的天坛根是抢劫与打架的地方。

〔天已大亮。

赵　老　那是我自己的事，你管不着！

狗　子　行，你算是走对了路子，抖起来啦！

赵　老　那可不是瞎撞出来的。我是工人——泥水匠；我的劲头儿是新政府给我的！

狗　子　好，就算你是好汉，黑旋风可也并不是好惹的！记住，瘦死的骆驼总比马大，别有眼不识泰山！

赵　老　你到底干吗来啦？快说，别麻烦！

狗　子　我？先礼后兵，我给你送棺材本来了。（掏出一包儿现洋）黑旋风送给你的，三十块白花花的现大洋。我管保你一辈子也没有过这么多钱。收下钱，老实点，别再跟我们为仇作对，明白吧？

赵　老　我不要钱呢？

狗　子　也随你的便！不吃软的，咱们就玩硬的！

赵　老　爽性把刀子掏出来吧！

狗　子　现在我还敢那么办？

赵　老　到底怎么办呢？

〔狗子沉默。

赵　老　说话！（怒）

狗　子　（渐软化）何苦呢！干吗不接着钱，大家来个井水不犯河水？

赵　老　没那个事！

狗　子　赵老头子，你行！（要走）

赵　老　等等！告诉你，以后布市上、晓市上，是大家伙儿好好作生意的地方，不准再有偷、抢、讹、诈。每一个摊子都留着神，彼此帮忙；你们一伸手，就有人揪住你们的腕子。先前，有侦缉队给你们保镖；现在，作买作卖的给你们摆下了天罗地网！

狗　子　姓赵的，你可别赶尽杀绝！招急了我，我真……

赵　老　你怎样？现在，天下是人民大家伙儿的，不是恶霸的了！

狗　子　（郑重而迟缓地）黑旋风说了——

赵　老　他说什么？

狗　子　他说……（回头四下望了望，轻声带着威胁的意味）蒋介石不久还会回来呢！

赵　老　他？他那个恶霸头子？除非老百姓都死光了！

狗　子　你怎么看得那么准呢？

赵　老　他是教老百姓给打跑了的，我怎么看不准？告诉你吧，狗子，你还年轻，为什么不改邪归正，找点正经事作作？

狗　子　我？（迟疑、矛盾、故作倔强）

赵　老　（见狗子现在仍不觉悟，于是威严地）你！不用嘴强身子弱地瞎搭讪！我要给你个机会，教你学好。黑旋风应当枪毙！你不过是他的小狗腿子，只要肯学好，还有希望。你回去好好地想想，仔细地想想我的话。听我的话呢，我会帮助你，找条正路儿；不听我的话呢，你终久是玩完！去吧！

狗　子　那好吧！咱们再见！（又把帽沿拉低，走下）

〔赵老愣了一会儿，继续扫地。

〔疯子手捧小鱼缸儿，由屋里出来，娘子扯住了他。

娘　子　（低切地）又犯疯病不是？回来！这是图什么呢？你一闹哄，又招四哥、四嫂伤心！

疯　子　你甭管！你甭管！我不闹哄，不招他们伤心！我告诉赵大爷一声，小妞子是去年今天死的！

娘　子　那也不必！

疯　子　好娘子，你再睡会儿去。我要不跟赵大爷说说，心里堵得慌！

娘　子　唉！这么大的人，真个跟小孩子一样！（入屋内）

疯　子　赵大爷，看！（示缸）

赵　老　（直起身来）啊，（急低声）小妞子，她去年今天……生龙活虎似的孩子，会，会……唉！

疯　子　赵大爷，您这程子老斗争恶霸，可怎么不斗斗那个顶厉害的恶霸呢？

赵　老　哪个顶厉害的恶霸？黑旋风？

疯　子　不是！那个淹死小妞子的龙须沟！它比谁不厉害？您怎

么不管！

赵　老　我管！我一定管！你看着，多咱修沟，我多咱去工作！我老头子不说谎。

疯　子　可是，多咱才修呢？明天吗？您要告诉我个准日子，我就真佩服这个新政府了！我这就去买两条小金鱼——妞子托我看着的那两条都死了，只剩了这个小缸——到她的小坟头前面，摆上小缸，缸儿里装着红的鱼，绿的闸草，哭她一场！我已经把哭她的话，都编好啦，不信，您听听！

赵　老　够了！够了！用不着听！

疯　子　您听听，听听！（悲痛、低缓地，用民间曲艺的悲调唱）乖小妞，好小妞，小妞住在龙须沟。龙须沟，臭又脏，小妞子像棵野海棠。野海棠，命儿短，你活你死没人管。北京城，得解放，大家扭秧歌大家唱。只有你，小朋友，在我的梦中不唱也不扭……（不能成声）

赵　老　够了！够了！别再唱！乖妞子，太没福气了！疯子，别再难过！听我告诉你，咱们的政府是好政府，一定忘不了咱们，一定给咱们修沟！

疯　子　几儿呢？得快着呀！

赵　老　（有点起急）那不是我一个人能办的事呀，疯子！

疯　子　对！对！我不应当逼您！我是说，咱们这溜儿就是您有本事，有心眼啊！我一佩服您，就不免有点像挤兑您，是不是？

赵　老　我不计较你，疯哥！你进去，把小缸儿藏起来，省得教四嫂看见又得哭一场！

疯　子　我就进去！还有一点事跟您商量商量。您不是说，现在人人都得作事吗？先前，我教恶霸给打怕了，不敢出去；我又没有力气，干不来累活儿。现在人心大变了，我干点什么好呢？去卖糖儿、豆儿的，还不够我自己吃的呢。去当工友，我又不会侍候人，怎办？

赵　老　慢慢来，只要你肯卖力气，一定有机会！

疯　子　我肯出力，就是力气不大，不大！

赵　老　慢慢地我会给你出主意。这不是咱们这溜儿要安自来水了吗？总得有人看着龙头卖水呀，等我去打听打听，要是还没有人，问问你去成不成。

疯　子　那敢情太好了，我先谢谢您！连这件事我也得告诉小妞子一声儿！就那么办啦。（回身要走）

赵　老　先别谢，成不成还在两可哪！

〔四嫂披着头发，拖着鞋从屋里出来。

〔疯子急把小缸藏在身后。

赵　老　四奶奶，起来啦？

四　嫂　（悲哀地）一夜压根儿没睡！我哪能睡得着呢？

赵　老　不能那么心重啊，四奶奶！丁四呢？

四　嫂　他又一夜没回来！昨儿个晚上，我劝他改行，又拌了几句嘴，他又看我想小妞子，嫌别扭，一赌气子拿起腿来走啦！

赵　老　他也是难受啊。本来嘛，活生生的孩子，拉扯到那么大，太不容易啦！这条臭沟啊，就是要命鬼！（看见四嫂要哭）别哭！别哭！四奶奶！

四　嫂　（挣扎着控制自己）我不哭，您放心！疯哥，你也甭藏藏掖掖的啦！由我身上掉下来的肉，我能不心疼吗？可是，死的死了，活着的还得活着，有什么法儿呢！穷人哪，没别的，就是有个扎挣劲儿！

疯　子　四嫂，咱们都不哭，好不好？（说着，自己却要哭）我，我……（急转身跑进屋去）

四　嫂　（拭泪，转向赵老）赵大爷，小妞子是不会再活了，哭也哭不回来！您说丁四可怎么办呢？您得给我想个主意！

赵　老　他心眼儿并不坏！

四　嫂　我知道，要不然我怎么想跟您商量商量呢。当初哇，我讨厌他蹬车，因为蹬车不是正经行当，不体面，没个准进项。自从小妞子一死啊，今儿个他打连台不回来，明儿个喝醉了，干脆不好好干啦。赵大爷，您不是常说现下工人最体面吗？您劝劝他，教他找个正经事由儿干，哪怕是作小工子活淘沟修道呢，我也好有个抓弄呀。这家伙，照现在这样，他蹬上车，日崩西直门了，日崩南苑了，他满天飞，我上哪儿找他去？挣多了，甭说一个子儿没挣，我上那儿找对证去？您劝劝他，给他找点活儿干，挣多挣少，遇事儿我倒有个准地方找他呀！

赵　老　四奶奶，这点事交给我啦！我会劝他。可是，你可别再跟他吵架，吵闹只能坏事，不能成事，对不对呢？

四　嫂　我听您的话！要是您善劝，我臭骂，也许更有劲儿！

赵　老　那可不对，你跟他动软的，拿感情拢住他，我再拿面子局他，这么办就行啦！

四　嫂　唉！真教我哭不得笑不得！（惨笑）得啦！我哭小妞子一场去！（提上鞋后跟儿）

赵　老　我跟你去！

疯　子　（跑出来）我跟你去，四嫂！我跟你去！（同往外走）

——第一场终

第二场

时　间　一九五〇年春间。下午四时左右。

地　点　同前幕。

〔**幕启：** 院中寂无一人，二春匆匆从外来，跑得气喘嘘嘘的。

二　春　喝！空城计！四嫂，二嘎子呢？

四　嫂　（在屋中）他上学去啦！

二　春　那怎么齐老师还到处找他呢？

四　嫂　（出来）是吗？这孩子没上学，又上哪儿玩去啦！

二　春　那我再到别处找找他去！（说完又跑出大门）

大　妈　（出来）二春，你回来！

四　嫂　（忙到门口喊住二春）二妹妹！你回来，大妈这儿还有事呢！

二　春　（擦着汗走回来）回头二嘎子误了上学可怎么办呢？

四　嫂　你放心吧，他准去，哪天他也没误过，这孩子近来念书，可真有个劲儿！我看看他上哪儿去了！就手儿去取点活。（下）

〔二春走到自己屋门口，拿过脸盆，擦脸上、脖子上的汗。

大　妈　（板着面孔，由屋中出来）二春，我问你，你找他干吗？放着正经事不干，乱跑什么？这些日子，你简直东一头西一头地像掐了脑袋的苍蝇一样！

二　春　谁说我没干正经事儿？我干的哪件不正经啊？该做的活儿一点也没耽误啊！

大　妈　这么大的姑娘，满世界乱跑，我看不惯！

二　春　年头儿改啦，老太太！我们年轻的不出去，事儿都交给谁办？您说！

大　妈　甭拿这话堵搡我！反正我不能出去办！

二　春　这不结啦！（转为和蔼地）我告诉您吧！人家中心小学的女教员，齐砚庄啊，在学校里教完一天的书，还来白教识字班。这还不算，学生们不来，她还亲自到家里找去。您多咱看见过这样的好人？刚才我送完了活儿，正遇上她挨家找学生，我可就说啦，您歇歇腿儿，我给您找学生去。都找到啦，就剩下二嘎子还没找着！

大　妈　管他呢，一个蹬车家的孩子，念不念又怎样，还能中状元？

二　春　妈，这是怎么说话呢？现而今，人人都一边儿高，拉车的儿子，才更应当念书，要不怎么叫穷人翻身呢？

大　妈　像你这个焊铁活的姑娘，将来说不定还许嫁个大官儿呢！

二　春　您心里光知道有官儿！老脑筋！我要结婚，就嫁个劳动英雄！

大　妈　一张纸画个鼻子，好大的脸！说话哪像个还没有人家儿的大姑娘呀！

二　春　没人家儿？别忙，我要结婚就快！

大　妈　越说越不像话了！越学越野调无腔！

〔娘子由外面匆匆走来。

二　春　娘子，看见二嘎子没有？

娘　子　怎能没看见？他给我看摊子呢！

二　春　给……这可倒好！我犄里旮旯都找到了，临完……不知道他得上学吗？

娘　子　他没告诉我呀！

二　春　这孩子！

大　妈　他荒里荒唐的，看摊儿行吗？

娘　子　现在，三岁的娃娃也行！该卖多少钱，卖多少钱，言无二价。小偷儿什么的，差不离快断了根！（低声）听说，官面上正加紧儿捉拿黑旋风。一拿住他，晓市就全天下太平了，他不是土匪头子吗？哼，等拿到他，跟那个冯狗子，我要去报报仇！能打就打，能骂就骂，至不济也要对准了他们的脸，啐几口，呸！呸！呸！偷我的东西，还打了我的爷们，狗杂种们！我说，我的那口子在家哪？

二　春　在家吗？一声没出啊。

娘　子　这几天，他又神神气气的，不知道又犯什么毛病！这个家伙，真教我不放心！

〔程疯子慢慢地由屋中出来。

二　春　疯哥，你在家哪？

疯　子　有道是，在家千日好，出外一时难！

娘　子　又是疯话！我问你，你这两天又怎么啦？

疯　子　没怎么！

娘　子　不能！你给我说！

疯　子　说就说，别瞪眼！我就怕吵架！我呀，有了任务！

二　春　疯哥，给你道喜！告诉我们，什么任务？

疯　子　民教馆的同志找了我来，教我给大家唱一段去！

二　春　那太棒了！多少年你受屈含冤的，现在民教馆都请你去，你不是仿佛死了半截又活了吗？

娘　子　对啦，疯子，你去！去！叫大家伙看看你！王大妈，二姑娘，有钱没有？借给我点！我得打扮打扮他，把他打扮得跟他当年一模一样的漂亮！

疯　子　我可是去不了！

二　春
娘　子　怎么？怎么？

疯　子　我十几年没唱了，万一唱砸了，可怎么办呢？

娘　子　你还没去呢，怎就知道会唱砸了？简直地给脸不要脸！

大　妈　照我看哪，给钱就去，不给钱就不去。

二　春　妈！您不说话，也没人把您当哑巴卖了！

疯　子　还有，唱什么好呢？翠屏山？不像话，拴娃娃？不文雅！

二　春　咱们现编！等晚上，咱们开个小组会议，大家出主意，大家编！数来宝就行！

疯　子　数来宝？

二　春　谁都爱听！你又唱得好！

疯　子　难办！难办！

〔四嫂夹着一包活计，跑进来。

四　嫂　娘子，二妹妹，黑旋风拿住了！拿住了！

娘　子　真的？在哪儿呢？

四　嫂　我看见他了，有人押着他，往派出所走呢！

娘　子　我啐他两口去！

二　春　走，我们斗争他去！把这些年他所作所为都抖漏出来，教他这个坏小子吃不了兜着走！

大　妈　二春，我不准你去！

二　春　他吃不了我，您放心！

娘　子　疯子，你也来！

疯　子　（摇头）我不去！

娘　子　那么，你没教他们打得顺嘴流血，脸肿了好几天吗？你怎这么没骨头！

疯　子　我不去！我怕打架！我怕恶霸！

娘　子　你简直不是这年头儿的人！二妹妹，咱们走！

二　春　走！（同娘子匆匆跑去）

大　妈　二春！你离黑旋风远着点！这个丫头，真疯得不像话啦！

四　嫂　大妈，别再老八板儿啦。这年月呀，女人尊贵啦，跟男人一样可以走南闯北的。您看，自从转过年来，这溜儿女孩子们，跟男小孩一个样，都白种花儿，白打药针，也都上了学。唉，要是小妞子还活着……

疯　子　那够多么好呢！

四　嫂　她太……（低头疾走入室）

大　妈　唉！（也往屋中走）

疯　子　（独自徘徊）天下是变了，变了！你的人欺负我，打我，现在你也掉下去了！穷人、老实人、受委屈的人，都抬起头来；你们恶霸可头朝下！哼，你下狱，我上民教馆开会！变了，天下变了！必得去，必得去唱！一个人唱，叫大家喜欢，多么好呢！

〔冯狗子偷偷探头，见院中没人，轻轻地进来。

狗　子　（低声地）疯哥！疯哥！

疯　子　谁？啊，是你！又来打我？打吧！我不跑，也不躲！我可也不怕你！你打，我不还手，心里记着你；这就叫结仇！仇结大了，打人的会有吃亏的那一天！打吧！

四　嫂　（从屋中出来）谁？呕！是你！（向狗子）你还敢出来欺负人？好大的胆子！黑旋风掉下去了，你不能不知道吧？好！瞧你敢动他一下，我不把你碎在这儿！

狗　子　（很窘，笑嘻嘻地）谁说我是来打人的呀！

四　嫂　量你也不敢！那么是来抢？你抢抢试试！

狗　子　我已经受管制，两个多月没干“活儿”[1]了！

四　嫂　你那也叫“活儿”？别不要脸啦！

狗　子　我正在学好！不敢再胡闹！

四　嫂　你也知道怕呀！

狗　子　赵大爷给我出的主意：教我到派出所去坦白，要不然我永远是个黑人。坦白以后，学习几个月，出来哪怕是蹬三轮去呢，我就能挣饭吃了。

四　嫂　你看不起蹬三轮的是不是？反正蹬三轮的不偷不抢，比你强得多！我的那口子就干那个！

狗　子　我说走嘴啦！您多担待！（赔礼）赵大爷说了，我要真心改邪归正，得先来对程大哥赔“不是”，我打过他。赵大爷说了，我有这点诚心呢，他就帮我的忙；不然，他不管我的事！

四　嫂　疯哥，别光叫他赔不是，你也照样儿给他一顿嘴巴！一还一报，顶合适！

[1] 活儿：指偷窃。

狗　子　这位大嫂，疯哥不说话，您干吗直给我加盐儿呢！赵大爷大仁大义，赵大爷说新政府也大仁大义，所以我才敢来。得啦，您也高高手儿吧！

四　嫂　当初你怎么不大仁大义，伸手就揍人呢？

狗　子　当初，那不是我揍的他。

四　嫂　不是你？是他妈的畜生？

狗　子　那是我狗仗人势，借着黑旋风发威。谁也不是天生来就坏！我打过人，可没杀过人。

四　嫂　倒仿佛你是天生来的好人！要不是而今黑旋风玩完了，你也不会说这么甜甘的话！

疯　子　四嫂，叫他走吧！赵大爷不会出坏主意，再说我也不会打人！

四　嫂　那不太便宜了他？

疯　子　狗子，你去吧！

四　嫂　（拦住狗子）你是说了一声“对不起”，还是说了声“包涵”哪？这就算赔不是了啊？

狗　子　不瞒您说，这还是头一次服软儿！

四　嫂　你还不服气？

狗　子　我服！我服！赵大爷告诉我了，从此我的手得去作活儿，不能再打人了！疯哥，咱们以后还要成为朋友呢，我这儿给您赔不是了！（一揖，搭讪着往外走）

疯　子　回来！你伸出手来，我看看！（看手）啊！你的也是人手，这我就放心了！去吧！

〔狗子下。

四　嫂　唉，疯哥，真有你的，你可真老实！

疯　子　打人的已经不敢再打，我怎么倒去学打人呢！（入室）

〔二嘎子飞跑进来。

二　嘎　妈！妈！来了！他们来了！

四　嫂　谁来了？没头脑儿的！

大　妈　（在屋中）二嘎，二春满世界找你，叫你上学，你怎么还不去呀？

二　嘎　我这就去，等我先说完了！妈，刚打这儿过去，扛着小红旗子，跟一节红一节白的长杆子，还有像照像匣子的那么个玩艺儿。

大　妈　（出来）到底是干什么的呀？这么大惊小怪的！

二　嘎　街上的人说，那是什么量队，给咱们量地。

四　嫂　量地干什么呢？

大　妈　不是跑马占地吧？

二　嘎　跑马占地是怎回事？

大　妈　一换朝代呀，王爷、大臣、皇上的亲军就强占些地亩，好收粮收租，盖营房；咱们这儿原本是蓝旗营房啊！

四　嫂　可是，大妈，咱们现在没有王爷，也没有大臣。

大　妈　甭管有没有，反正名儿不一样，骨子里头都差不了多少！

四　嫂　大妈，自从有新政府，咱们穷人还没吃过亏呀！

大　妈　你说得对！可那也许是先给咱们个甜头尝尝啊！我比你多吃过几年窝窝头，我知道。当初，日本人，哟，现在说日本人不要紧哪？

四　嫂　您说吧，有错儿我兜着！

大　妈　你就是“王大胆”嘛！他们在这儿，不是先给孩子们糖吃，然后才真刀真枪的一杀杀一大片？后来日本人走了，紧跟着就闹接收。一上来说的也怪受听，什么捉拿汉奸伍的；好，还没三天半，汉奸又作上官了；咱们穷人还是头朝下！

四　嫂　这回可不能那样吧？您看，恶霸都逮去了，咱们挣钱也容易啦，您难道不知道？

二　嘎　妈，甭听王奶奶的！王奶奶是个老顽固！

四　嫂　胡说，你知道什么？上学去！

二　嘎　可真去了，别说我逃学！（下）

大　妈　这孩子！（匆匆入室）

〔赵老高高兴兴地进来。

四　嫂　赵大爷，冯狗子来过了，给疯哥赔了不是。您看，他能改邪归正吗？

赵　老　真霸道的，咱们不轻易放过去；不太坏的，像冯狗子，咱们给他一条活路。我这对老眼睛不昏不花，看得出来。四奶奶，再告诉你个喜信！

四　嫂　什么喜信啊？

赵　老　测量队到了，给咱们看地势，好修沟！

四　嫂　修沟？修咱们的龙须沟？

赵　老　就是！修这条从来没人管的臭沟！

四　嫂　赵大爷，我，我磕个响头！（跪下，磕了个头）

疯　子　（开了屋门）什么？赵大爷！真修沟？您圣明，自从一解放，您就说准得修沟，您猜对了！

二　春　（由外边跑来）妈！妈！我没看见黑旋风，他们把他圈起去啦。我可是看见了测量队，要修沟啦！

大　妈　（开开屋门）我还是有点不信！

二　春　为什么呢？

大　妈　还没要钱哪，不言不语的就来修沟？没有那么便宜的事！

赵　老　（对疯子）疯哥，你信不信？

疯　子　不管王大妈怎样，我信！

赵　老　（问四嫂）你说呢？

四　嫂　我已经磕了头！

二　春　这太棒了！想想看，没了臭水，没了臭味，没了苍蝇，没了蚊子，呕，太棒了！赵大爷，恶霸没了，又这么一修沟，咱们这儿还不快变成东安市场？从此，谁敢再说政府半句坏话，我就掰下他的脑袋来！

赵　老　（问大妈）老太太，您说呢？

大　妈　我？（不好意思地笑了笑）大家伙儿怎说，我怎么说吧！

二　春　咱们站在这儿干什么？还不扭一回哪？（领头扭秧歌）哈，哈，起哈起！

众　人　（除了大妈）哈，哈，起哈起！（都扭）

疯　子　站住！我想起来啦！我一定到民教馆去唱，唱《修龙须沟》！

——第二场终

第三场

时　间　一九五〇年夏初，午饭前。

地　点　同前。

〔**幕启：**王大妈独坐檐下干活，时时向街门望一望，神情不安。赵大爷自外来。

赵　老　就剩您一个人啦？

大　妈　可不是，都出去了。您今天没有活儿呀？

赵　老　西边的新厕所昨儿交工，今天没事。（坐小凳上）我刚才又去看了一眼，不是吹，我们的活儿作得真叫地道。好嘛，政府出钱，咱们还不多卖点力气，加点工！

大　妈　就修那一处啊？

赵　老　至少是八所儿！人家都说，龙须沟有吃的地方，没拉的地方，这下子可好啦！连自来水都给咱们安！

大　妈　可是真的？我就纳闷儿，现而今的作官的为什么这么爱作事儿？把钱都给咱们修盖了茅房什么的，他们自己图什么呢？

赵　老　这是人民的政府啊，老太太！您看，我这个泥水匠，一天挣十二斤小米，比作官儿的还挣得多呢！

大　妈　这一年多了，我好歹的也看出点来，共产党真是不错。

赵　老　这是您说的？您这才说了良心话！

大　妈　可是呀，他们也有不大老好的地方！

赵　老　那您就说说吧。好人好政府都不怕批评！

大　妈　昨儿个晚上呀，我跟二春拌了几句嘴；今儿个一清早，她就不见了。

赵　老　她还能上哪儿，左不是到她姐姐家去诉诉委屈。

大　妈　我也那么想，我已经托疯哥找她去啦。

赵　老　那就行啦。可是，这跟共产党有什么相干？

大　妈　共产党厉害呀！

赵　老　厉害？

大　妈　您瞧啊，以前，前门里头的新事总闹不到咱们龙须沟来。城里头闹什么自由婚，还是葱油婚哪，闹呗；咱们龙须沟，别看地方又脏又臭，还是明媒正娶，不乱七八糟！

赵　老　王大妈，我明白了，二春要自由结婚？

大　妈　真没想到啊！共产党给咱们修茅房，抓土匪，还要修沟，总算不错。可是，他们也教年轻的去自由。他们不单在城里头闹，还闹到龙须沟来，您说厉害不厉害！

赵　老　这才叫真革命，由根儿上来，兜着底儿来！

大　妈　您要是有个大姑娘，您肯教她去自由吗？那像话吗？

赵　老　我？王大妈，咱们虽然是老街坊了，我可是没告诉过您。我的老婆呀……

大　妈　您成过家？您的嘴可真严得够瞧的！这么些年，您都没说过！

赵　老　我在北城成的家，我的老婆是媒人给说的。结婚不到半年，她跟一个买卖人跑了。她爱吃喝玩乐，她长得不寒伧——

那时候我也怪体面——我挣的不够她花的！她跑了之后，我没脸再在城里住，才搬到龙须沟来。老婆跑了，我自然不会有儿女。比方说，我要是有个女儿，要自己选个小人儿，我就会说：姑娘，长住了眼睛，别挑错了人哟！

〔程疯子挺高兴地进来。

大　妈　二春在大姑娘那儿哪？

疯　子　在那儿，一会就回来。

大　妈　这我就放心了！劳你的驾！你跟她怎么说的？

疯　子　我说，回去吧，二姑娘，什么事都好办。

大　妈　她说什么呢？

疯　子　她说：妈妈要是不依着我，我就永远不回去，打这儿偷偷地跑了！

大　妈　丫头片子，没皮没脸！你怎么说的？

疯　子　我说，别那么办哪！先回家，从家里跑还不是一样？

大　妈　这是你说的？你呀，活活的是个半疯子！

赵　老　大妈，想开一点吧。二春的事，您可以提意见，可千万别横拦着竖挡着！我吃过媒人的亏，所以我知道自由结婚好！

大　妈　唉，我简直地不知道怎么办好啦！

〔丁四脚底下像踩着棉花似的走进来。

大　妈　这是怎么啦！

丁　四　没事，我没喝醉！

赵　老　大妈，给他点水喝！回头别教四嫂知道，省得又闹气！

大　妈　我给他倒去。（去倒水）哼，还没到晌午，怎么就喝猫尿呢？

疯　子　（扶丁四坐下）坐坐！

大　妈　（端着水）先喝口吧！（把水交给疯子）

丁　四　没事！我没喝醉！

赵　老　喝多了点，可是没醉！

大　妈　就别说他了，他心里也好受不了！（向丁四）再来一碗水呀！

丁　四　不要了，大妈！劳您驾！刚才一阵发晕，现在好啦！（把碗递给大妈）我是心里不痛快，其实并没喝多！

〔大妈又去干活，疯子也坐下。

赵　老　（向丁四）我不明白，老四，四奶奶现在挣得比从前多了，你怎么倒不好好干了呢？你这个样，教我老头子都没脸见四奶奶，她托我劝你不是一回了！

丁　四　您向着这个政府，净拣好的说。

赵　老　有理讲倒人，我没偏没向！

丁　四　您听我说呀，二嘎子的妈，不错，是挣得多点了；可是我没有什么生意。您看，解放军不坐三轮儿，当差的也不是走，就是骑自行车，我拉不上座儿！

赵　老　可是你也不能只看一面呀。解放军不坐车？当初那些大兵倒坐车呢，下了车不给钱，还踹你两脚。先前你是牛马，现在你是人了。这不是我专拣好的说吧？

丁　四　不是。

赵　老　好！当初，巡警不敢管汽车，专欺负拉车的，现在还那样吗？

丁　四　不啦！

赵　老　好！前些日子，政府劝你们三轮车夫改业，我掰开揉碎地劝你，你只当了耳旁风。

丁　四　我三十多岁了，改什么行？再者我也舍不得离开北京城。

赵　老　只要你不惜力，改行就不难！舍不得北京，可又嫌这儿脏臭，动不动就泡蘑菇，你算怎么回事呢？开垦，挖煤，人家走了的都快快活活地搞生产，政府并不骗人！

丁　四　骗人不骗人的，反正政府说话有时候也不算话！

赵　老　什么？

丁　四　您就说，前些日子，他们测量这儿，这么多天啦，他们修沟来了没有？

赵　老　修沟不是三钱儿油、俩钱儿醋的事，那得画图，预备材料，请工程师，一大堆事哪！丁四，我跟你打个赌，怎样？

丁　四　甭打赌。反正多咱修沟，我就起劲儿干活儿。您老说，这个政府是人民的，我倒要看看，给人民办事不办！这条沟淹死了小妞子，我跟它有仇！

赵　老　这可是你说的？不准说了不算！

丁　四　您看着呀！

赵　老　好，我等着你的！多咱沟修了，你还不听我的话，看，我要不揍你一顿的！

丁　四　您揍我还不容易，我又不敢回手。

赵　老　你这个家伙，软不吃，硬不吃，没法儿办！

〔二嘎子提着一筐子煤核儿，飞跑进来。

二　嘎　爸爸，给你，半筐子煤核儿，够烧好大半天的！（说完，转身就跑）

丁　四　嗨！你又上哪儿闯丧去？

二　嘎　我上牟家井！

丁　四　干吗？

二　嘎　那里搭上了窝棚，来了一大群作工的。还听说，大街上不知道多少辆车，拉着砖、洋灰、沙子，还有里面能站起一个人的大洋灰筒子！我得钻到筒子里试试去，看到底有多高！（跑去）

赵　老　修沟的到了！到了！

疯　子　二嘎子，等等，我也去！（跑去）

大　妈　（也立起来往前跑了两步）真修沟？真一个钱也不跟咱们要？

赵　老　这才信了我的话吧？老太太！

大　妈　没听说过的事！没听说过的事！

赵　老　丁四，你怎么说？

丁　四　我，我……

赵　老　（把丁四拉起来，面对面恳切地说）丁四，你看，咱们的政府并不富裕——金子、银子不是都教蒋介石跟贪官给刮了去，拿跑了吗？——可是，还来给咱们修沟，修沟不是一两块钱的事啊！政府的这点心，这点心，太可感激了吧？

丁　四　我知道！

赵　老　东单、西四、鼓楼前，哪儿不该修？干吗先来修咱们这条臭沟？政府先不图市面儿好看，倒先来照顾咱们，因为这条沟教我年年发疟子，淹死小妞子；一下雨，娘子就摆不上摊子，你拉不出车去，臭水带着成群的大尾巴蛆，流到屋里来。政府知道这些，就为你，我，全龙须沟的人想办法，不教咱们再病，再死，再臭，再脏，再挨饿。你我是人民，政府爱人民，为人民来修沟！你信不信我的话呀？

丁　四　我信了！信了！我打这儿起，不再抱怨，我要好好地干活儿！

赵　老　比如说，政府招呼你去修沟，你去不去呢？这是你的沟，也是你的仇人，你肯不肯自己动手，把它弄好了呢？

丁　四　别再问啦，赵大爷，对着青天，我起誓：一动工，我就去挖沟！

——幕落

第三幕

第一场

时　间　一九五〇年夏。某一夜的后半夜，天尚未明。

地　点　龙须沟地势较高处的一家小茶馆——三元茶馆。

布　景　三元茶馆是两间西房，互相通连，冬天在屋里卖茶，夏季在屋外用木棍支着旧席棚，棚下有土台，作为茶桌。旁边放着长方桌，上边有茶壶、茶碗和小酒坛子、酒菜，和少许的低级香烟，另外两三个玻璃缸里面装着一包包的茶叶、花生仁等。

〔**幕启：**前半夜的雨刚刚止住，还能听得见从破席棚滴下来的滴水声，间有一两声鸡鸣。

〔茶馆的刘掌柜，点着洋油灯在炉旁看看火，看看水壶，又向棚外张望，好像在等待什么人似的。

〔一位警察走向棚来，穿着被水浸透的雨衣，赤脚穿着胶皮鞋，泥已溅满裤腿上，手里拿着电筒。

警　察　刘大爷，您多辛苦啦！

掌　柜　哪儿的话您哪！

警　察　您这儿预备得怎么样啦？

掌　柜　都差不离儿啦，等会儿老街坊们来到，准保有热茶喝，有舒服地方坐。

警　察　这就好了！所长指示我，教我跟赵大爷说：请他先别挖沟，先招呼着老街坊们到这儿来，免得万一房子塌了，砸伤了人！

掌　柜　也就是搁在现而今哪，要是在解放以前，别说下雨，就是淹死、砸死也没人管哪！这可倒好，派出所还给找好了地方，教老街坊们躲躲儿，惟恐怕房子塌了砸死人！

警　察　（一边听掌柜的讲话，一边用电筒照那两间西房）可不，这回事啊，也幸亏是大家伙儿出来自动地帮忙，要光靠我们派出所这几个人跟工程队呀，干的也不能这么快！刘大爷，我走啦！回头赵大爷领着老街坊们来，您可多照应点儿！哟！老街坊们来了！（赵老领着一批群众先上）赵大爷！都来了吗？

赵　老　来了一拨儿，跟着就都来！

警　察　这儿拜托您啦！我帮助挖沟去。（向群众）老街坊们！这儿歇歇儿吧！（下）

赵　老　女人、小孩到屋里去！屋里有火，先烤干了脚！（女人、小孩向屋内移动，男人们或立或坐）二春！二春！二春还没来吗？

二　春　（从外面应声）来喽！赵大爷，我来喽！（跑上，手中提着小包，身上披着破雨衣；放下小包；一边脱雨衣，一边说）好家伙，差点儿摔了两个好的。地上真他妈的滑！

赵　老　别说废话，先干活儿！

二　春　干什么？您说！

赵　老　先去烧水、沏茶，教大家伙儿热热呼呼的喝一口！然后再多烧水，找个盆，给孩子们烫烫脚，省得招凉生病！

二　春　是啦！（提起小包要往屋中走）

〔一青年背着王大妈上，她两手拿着许多东西。

大　妈　二春！二春！你在哪儿哪？你就不管你妈了呀？我要是摔死了，你横是连哭都不哭一声！

二　春　（向青年）你进来歇歇呀！

青　年　还得背人去呢！（跑下）

二　春　妈！屋里烤烤去！（接妈手中的东西）

大　妈　我不在这儿！（不肯松手东西）

二　春　不在这儿，您上哪儿？

大　妈　我回家！我忘了把烙铁拿来了！

赵　老　大妈，这是瞎胡闹！烙铁不会教水冲了走！您岁数大，得给大家作个好榜样，别再给我们添麻烦！

大　妈　唉！（坐下）我早就知道要出漏子！从前，动工破土，不得找黄道吉日吗？现在，好，说动土就动土，也不挑个好日子；龙须沟要是冲撞了龙王爷呀，怎能不发大水！

赵　老　二春！干你的去；就让老太太在这儿叨唠吧！

二　春　妈，好好的在这儿，别瞎叨唠！现在呀，哪天干活儿，哪天就是黄道吉日，用不着瞧皇历！（入屋中）

〔疯子搀着娘子上。

娘　子　你撒手我！你是搀我，还是揪我呢？

疯　子　好，我撒手！

娘　子　赵大爷，我干点什么？

赵　老　帮助二春去，她在屋里呢。疯哥，你把东西交给娘子，去作联络员，来回地跑着点。

疯　子　好，我能作这点事。真个的，这儿的水够使吗？自来水的钥匙可在咱身上呢！

掌　柜　够用，够用！

〔疯子下。

娘　子　（看见大妈）哟！老太太，您怎么在这儿坐着，不进去呢？

大　妈　我不进去！没事找事儿，非挖沟不可，看，挖出毛病来没有？

娘　子　您忘了，每回下大雨不都是这样吗？

赵　老　再说，沟修好以后，就永远不再出这样的毛病了！

二　春　（在屋门内）赵大爷，娘子，都不必再理她！妈，您老这么不讲理，我可马上就结婚，不侍候着您了！

大　妈　哼，不教我相看相看他，你不用想上轿子！

二　春　您不是相看过了吗？

大　妈　我？见鬼！我多咱看见过他？

二　春　刚才背着您的是谁呀？（回到屋内）

大　妈　就是他？

赵　老
娘　子　哈哈哈！

娘　子　这门亲事算铁了！

大　妈　我，我，我斗不过你们！我还是回家！破家值万贯，我不能半夜里坐野茶馆玩！

娘　子　算了吧，老太太！这回水并不比从前那些回大，不过呀，政府跟警察呀，唯恐其砸死人，所以把咱们都领到这儿来！得啦，进去歇会儿吧！

二　春　（在屋中）快来呀，茶沏好啦！谁来碗热的！

娘　子　走吧，喝碗热茶去！（扯大妈往屋中走）

疯　子　（在远处喊叫）往这边来，都往这边来！赵大爷，又来了一批！

赵　老　（往外跑）这边！这边！

〔又来了一批人，男的较多。

赵　老　女的到屋里去！男的把东西放下，丢不了。咱们还得组织一下，多去点人，帮着舀水跟挖沟去吧！不能光教官面上的人受累，咱们在旁边瞧着呀！

众　甲　冲着人家这股热心劲儿，咱们应当回去帮忙！

赵　老　这话说得对！有我跟刘掌柜的在这儿，放心，人也丢不了，东西也丢不了。我说，四十岁以上的去舀水，四十以下的去挖沟，合适不合适？

众　乙　就这么办啦！

众　人　咱们走哇！（下）

〔丁四嫂独自跑上。

四　嫂　赵大爷，赵大爷，没看见二嘎子呀？

赵　老　没有！他那么大了，丢不了！

四　嫂　这孩子，永远不教大人放心！

赵　老　丁四呢？

四　嫂　他挖沟去了！

赵　老　好小子！他算有了进步！

四　嫂　有了进步？哼！您等着瞧！他在外面受了累回来，我的罪过可大啦！他横挑鼻子竖挑眼，倒好像他立下汗马功劳，得由我跪接跪送才对！

赵　老　就对付着点吧！你受点委屈，将就将就他。不管怎么说，他现在总是为人民服务哪，还真卖力气，也怪难为他的！

娘　子　（在屋门口叫）四嫂，进来，喝口水，赶赶寒气儿！

四　嫂　娘子，你给我照应着东西，我得找二嘎子去！好家伙，他可别再跟小妞子似的……（下）

〔疯子跑进来。

疯　子　丁四哥回来了！

〔丁四扛着铁锹，满身泥垢，疲惫地从外边来。

赵　老　四爷，回来啊？

丁　四　快累死了，还不回来？

疯　子　四哥，沟怎样啦？

丁　四　快挖通了！（坐）

娘　子　（端茶来）四哥，先喝口热的！（让别人）

大　妈　（出来）丁四，到底是怎么一回事呀？水下去没有？屋子塌了没有？咱们什么时候能回去？他们真把东西都搬到炕上去了吗？

二　春　（出来）妈！妈！您一问就问一大车事呀！四哥累了半夜了，您教他歇会儿！

大　妈　我不再出声，只当我没长着嘴，行不行？

丁　四　别吵喽！有人心的，给我弄点水，洗洗脚！

二　春　我去！我去！（入屋）

丁　四　（打哈欠）赵大爷！

赵　老　啊！怎样？

丁　四　自从一修沟，我就听您的话，跟着作工。政府对得起咱们，咱们也要对得起政府。话是这么讲不是？

赵　老　对！你有劲！政府给咱们修沟，你年轻轻的还不出一膀子力气？

丁　四　可是，我苦干一天，晚上还教水泡着，泥人还有个土性儿，我受不了！我不干啦！我还去拉车，躲开这个臭地方！

二　春　（端水来）四哥，先烫烫脚！

丁　四　（放脚在盆内）我不干了！

二　春　不干什么呀？

疯　子　四哥！四哥！来，我给你洗脚！你去修沟，你跟政府一样的好，我愿意给你洗脚。赵大爷常说，为大家干活儿的都是好汉。四哥，你是好汉，我愿意侍候你，你也知道，我不是那种低三下四的人！

娘　子　四哥，疯子常犯糊涂，这回可作对了！教他给你洗！

丁　四　疯哥，那不行！不敢当！

〔四嫂跑进来。

四　嫂　那可不能！疯哥，起开，我给他洗！（蹲下给他洗）

丁　四　你干什么去啦？

四　嫂　我找二嘎子去啦。找了七开八得，也找不着他！

丁　四　对，再把儿子丢了，够多么好啊！我是得躲开这块倒霉的地方！这个地方不出好事！

四　嫂　你又来了不是？你是困了，累了，闹脾气。洗完了，我给你找个地方，睡会儿觉！二嘎子丢不了，他那么大了。

赵　老　丁四，你现在为大家伙儿挖沟，大家伙儿谁不伸大拇哥，说你好！

丁　四　是吗，脚都快泡烂了，还不说我好！

〔一警察背着二嘎子进来，二嘎子已睡着了。

四　嫂　（迎过去）二嘎子，你上哪儿去喽？

警　察　他是好心，跟着我跑了半夜。现在，他已经睁不开眼，我把他背回来啦。

二　嘎　（睁开眼，下来）妈！我可困得不行了！

〔四嫂携二嘎子入屋中。

警　察　赵大爷，辛苦啦！这儿都顺序？

赵　老　挺好！你先喝碗水吧，也累得够瞧的啦！

二　春　来，您喝碗！（递茶）

警　察　谢谢二姑娘，你也卖了力气！王大妈，您受屈啦！

大　妈　我受屈不受屈的，到底这都是怎回事呢？

警　察　待会儿我再跟您说。疯哥，娘子，你们也辛苦啦！

娘　子　您才真受了累！疯子今天也不错，作联络员！

警　察　丁四哥，这一夜可够你受的！

赵　老　哼，老四正闹脾气！又是什么还拉车去，不管咱们的臭事儿喽！

丁　四　赵大爷，赵大爷，那是刚才，现在我又好啦！同志，就凭您亲自把二嘎子背回来，您教我干吗，我干吗！什么话呢，咱们都是外场人，不能一面理，要老娘儿们脾气！

二　春　女人，我们女人并不像你，一会儿明白，一会儿糊涂！

警　察　得，得，先别拌嘴！丁四，你找个地方睡会儿去！

丁　四　这儿就好，打个盹儿就行！

二　春　可倒好，说不闹脾气，就比谁都顺溜！

〔刚才走出去的男人们回来一部分。

警　察　辛苦了，诸位！沟挖通了？

众　人　通啦！

警　察　屋里还有人吧？

二　春　有，孩子跟妇女。

警　察　别惊动小孩子，大人愿意听听的，可以请出来。

二　春　我去。（跑到屋门口叫大家）

警　察　老街坊们！

〔众妇人，四嫂在内，随二春出来。

警　察　老街坊们！都请坐！请赵大爷说说，因为夜里的事儿，有人知道，有人还不大清楚。（众有立有坐）赵大爷，说说吧！

赵　老　你也坐下吧！你也干了半夜啦！

警　察　行，站着好。

赵　老　老街坊们，修沟的计划是先修一道暗沟；把暗沟修好，再填上那条老的明沟。这个，诸位都知道。

众　人　知道。

赵　老　刚一修沟的时候，工程处就想得很周到，下边用板子顶住沟梆子，上边用柱子戗[1]住了墙，省得下面的土一松，屋子跟墙就许垮架；咱们这溜儿的房子都不大结实。这个，大家也都知道。

众　人　知道。

赵　老　可是，连这么留神哪，还出了昨儿夜里的毛病！第一是：谁也没有想到这么早就能下瓢泼瓦灌的暴雨。第二是：正在新沟跟旧沟接口的地方，新挖出来的土一时措手不及抬走，可就堵住了旧沟。这么一来，大家可受了惊，受了委屈，受了损失。区政府里，公安局里都觉得对不起咱们。刚才，连区长带别的首长，全都听到信儿就赶到了；区长亲自往外背人，抢救东西。派出所所

[1] 戗：音 qiàng，顶住的意思。——絜青注。

长，现在还在给大家往外舀水呢。诸位有什么话，尽管说，待会儿好转告诉区长、所长。

〔众人无语。

警　察　有话就说吧，好话歹话都可以说，咱们是一家人！

二　春　要依我看哪……

大　妈　二春！这儿有的是人，你占什么先，姑娘人家的！

二　春　好，您要有话，您就说！

〔大妈不语。

赵　老　大妈说呀！现在的警察愿意听咱们的话。

大　妈　我没的说，要说呀，我只说这一句：下回再下雨呀，甭教我出来！半夜三更的实在可怕！

警　察　区长、所长是怕屋子塌了，砸死人哪！老太太！

众　甲　要不挖那道暗沟，不是没有这回事了吗？

二　春　你说的是糊涂话！

众　甲　这儿不是谁都可以说话吗？

二　春　可也不能说糊涂话！不修暗沟，怎么能填平了明沟；不弄没了明沟，咱们这里几儿个才能不脏不臭？你说！

娘　子　再说——

众　乙　喝！娘子军！

〔众人笑。

娘　子　再说：去年、前年，年年哪回下大雨，不淹起咱们来？可是，淹死，砸死，有谁管过咱们？咱们凭良心说话，这回并不比往年那些回淹得苦，可是连区长都上头淋着，下头蹚着，来救咱们，咱们得谢谢他们！

四　嫂　我不管别的，只说说我的那口子，（指伏桌睡的丁四）要不是因为修咱们的沟，他能变成工人，给大家伙作点事吗？赶明儿个，沟修好了，有多么棒呢！

二　春　说得好！四嫂！

〔众人鼓掌。

警　察　赵大爷，您再说两句吧！

众　人　赵大爷多说说！

赵　老　好吧，我再说几句吧。政府不修王府井大街，不修西单牌楼，可先给咱们修沟，这实在是件了不起的事。修沟出了点毛病，政府又这么关心我们，我活六十多岁了，没有见过！再者，沟修好了以后，不是就永远不出毛病了吗？人心都在人心上，政府爱我们，我们也得爱政府。是不是呀？诸位？

众　人　赵大爷说得对！

疯　子　要没这回事，咱们还不知道政府这么好呢！

警　察　我补充一两句：这回事儿还算好，没有伤了人。大家的东西呢，来得及的我们都给搬到炕上去了。现在，雨住了，天也亮了，大家愿意回家看看去呢，就去；愿意先歇会儿再去呢，西边咱们包了两所小店儿，大家随便用。

赵　老　到家里看看，要是没法儿歇歇睡会儿，还可以到店里去。是这样不是？

警　察　对！西边的联升店跟天成店。二春姑娘，你招呼着姑娘老太太们到联升店去。赵大爷，您带着男同志们到天成店去。

二　春　妈、娘子、四嫂、诸位，咱们走哇！

娘　子　我去拿东西。（入屋中，几位妇人随着）

四　嫂　（同二嘎出来）这位爷（指丁四）还睡哪。顶好别惊动他，就让他睡下去吧。（给他披上一件衣服）

二　春　妈，走哇！

大　妈　一辈子没住过店，我不去！我回家！

二　春　屋里还有水哪！

大　妈　在家里蹚着水也是好的！

二　春　成心捣乱！妈！您可真够瞧的！

四　嫂　二嘎子，你送王奶奶去！到家要是不能住脚，就搀她老人家到店里来，听见了没有？给王奶奶拿着东西！

二　嘎　王奶奶，我要是走得快，您可别骂我！

大　妈　我几儿骂过人？小泥鬼儿！

警　察　王大妈，您走哇？慢着点，地上怪滑的！

大　妈　（回首）久住龙须沟，走道儿还会不知道怎么留神？

二　春　（对妇女们）咱们走吧？

众　人　走！同志，替我们给区长、所长道谢！（往外走）

赵　老　（对男人们）咱们也走吧？

众　甲　咱们给挖沟的弟兄们喊个好！

众　人　（连没走净的妇女一齐喊）好！好！

——第一场终

第二场

时　间　一九五〇年夏末。龙须沟的新沟落成，修了马路。

地　点　同第一幕小杂院。

布　景　杂院已经十分清洁，破墙修补好了，垃圾清除净尽了，花架子上爬满了红的紫的牵牛花。赵老的门前，水缸上，摆着鲜花。丁四的窗下也添了一口新缸。满院子被阳光照耀着。

〔**幕启：**王大妈正坐在自己门前一个小板凳上，给二春缝着花布短褂，地上摆着一个针线笸箩。四嫂从屋里出来，端详自己的打扮，特别是自己的新鞋新袜子。

大　妈　（看四嫂出来，向她发牢骚）四嫂哇！您看二春这个丫头，今儿个也不是又上哪儿疯去了！我这儿给她赶件小褂，连穿上试试的工夫都抓不着她！

四　嫂　她忙啊！今天咱们门口的暗沟完工，也不是要开什么大会，就是办喜事的意思。她说啦，您、我、娘子都得去；要不怎么我换上新鞋新袜子呢！您看，这双鞋还真抱脚儿，肥瘦儿都合适！

大　妈　我可不去开会！人家说什么，我老听不懂。

四　嫂　也没什么难懂的。反正说的都离不开修沟，修沟反正是好事，好事反正就得拍巴掌，拍巴掌反正不会有错儿，是不是？老太太！

大　妈　哼，你也跟二春差不多了，为修沟的事，一天到晚乐得并不上嘴儿！

四　嫂　是值得乐嘛！您看，以前大伙儿劝丁四找点正事作，谁也劝不动他。一修沟，好，沟把他劝动了！

大　妈　臭沟儿儿个跟他说话来着？

四　嫂　比方说呀，这是个比方，沟仿佛老在那儿说：我臭，你敢把我怎样了？我淹死你的孩子，你敢把我怎样了？政府一修沟啊，丁四可仿佛也说了话：你臭，你淹死我的孩子？我填平了你个兔崽子！就是这么一回事。

〔娘子提着篮子回来。

四　嫂　娘子，怎这么早就收了？

娘　子　不是要开大会吗？百年不遇的事，我歇半天工，好开会去。喝，四嫂子，您都打扮好了？我也得换上件干净大褂儿。这，好比说，就是给龙须沟作生日；新沟完了工，老沟玩了完！

大　妈　什么事儿呀，都是眼见为真；老沟还敞着盖儿，没填上哪！

娘　子　那还能不填上吗？留着它干什么呀？老太太，对街面儿上的事您太不积极啦！

大　妈　什么鸡极鸭极的，反正我沉得住气，不乱捧场，不多招事。

四　嫂　我知道您为什么老不高兴，就是为二姑娘的婚事。您心里有这点委屈别扭，就看什么也不顺眼，是吧？

大　妈　按说，我不应当因为自己的别扭，就拦住你们的高兴！是啊，你们应该高兴。你就说，连疯哥都有了事作，谁想得到啊！

娘　子　大妈，您别提疯子，他要把我气死！

大　妈
四　嫂　怎么？

娘　子　自从他得着这点美差，看自来水，夜里他不定叫醒我多少遍。一会儿，娘子，鸡还没打鸣儿哪？

大　妈　他可真鸡极呀！

娘　子　待一会儿，娘子，还没天亮哪？这家伙，看看自来水，倒仿佛作了军机大臣，唯恐怕误了上朝！

四　嫂　娘子，可也别说，他要不是一个心眼，说干就真干，为什么单派他看自来水呢？我看哪，他手不能提篮，肩不能担担，这个事儿交给他顶合适啦！

娘　子　是呀，无论怎么说吧，他总算有了点事作；好歹的大伙儿不再说他是废物点心，我的心里总痛快点儿！要是夜里他不闹，不就更好了吗？

四　嫂　哪能那么十全十美呢？这就不错！我的那口子不也是那样吗？在外边，人家不再喊他丁四，都称呼他丁师傅，或是丁头儿；你看，他乐得并不上嘴儿；回到家来，他的神气可足了去啦，吹胡子瞪眼睛的，瞧他那个劲儿！

娘　子　可也别说呀，他这路工人可有活儿干啦！净说咱们这一带，到永定门去的大沟，东晓市的大沟，就还够作好几个月的。共产党啊，是真行！听说，三海、后海、什刹海，连九城的护城河，都给挖啊！还垒上石头坝。以后还要挨着班儿地修马路呢。四哥还愁没事儿作？二嘎子更有出息啦，进工厂当小工子，还外带着念书，赶明儿要是好好的干，说不定长大了还当厂长呢！

四　嫂　唉！慢慢地熬着吧，横是离好日子不远啦！哟！二嘎子那件小褂儿还没上领子呢！（进屋取活计）

〔程疯子自外面唱着走来。

疯　子　我的水，甜又美，喝下去肚子不闹鬼。我的水，美又甜，一挑儿才卖您五十元。

娘　子　瞧这个疯劲儿！大妈！您坐着，我进去换换衣裳。（下）

疯　子　（进来，还唱）沏茶喝，甜又香，不像先前沏出茶来稠嘟嘟的像面汤。洗衣裳，跟洗脸，滑滑溜溜又省胰子又省碱。

四　嫂　（取了活计出来，缝着衣服）疯哥，你不看着水，干吗回来啦？

疯　子　大妈、四嫂，我回来研究那段数来宝，好到大会去唱！二嘎子替我看着水呢。他现在识文断字，比我办事还精明呢！

四　嫂　哼，你们这一对儿够多么漂亮啊！

疯　子　四嫂，别小看我们俩，坐在一块儿我们就讨论问题！

四　嫂　就凭你们俩？

疯　子　您听着呀！刚才，我说，二嘎子，你看，现在咱们这儿有新沟老沟两条沟，一前一后夹住了咱们的院子。新沟是暗沟，管子已经都安好，完了工啦；上面修成了一条平平正正的马路。二嘎子说：赶明儿个，旧沟又咵嗒咵嗒地一填，填平了，又修成一条马路。我就说，咱们房前房后，这么一来，就有两条马路。马路都修好，我问二嘎子，该怎么办了？四嫂，二嘎子真聪明；他说：该种树！他问我：疯大爷，种什么树？我说：柳树，垂杨柳，多么美呀！二嘎子说：呸！

四　嫂　你看这孩子！

疯　子　他说，得种桃树，到时候可以吃大蜜桃啊！您瞧，二嘎子多么聪明！

娘　子　（在屋中）别说啦，快来编词儿吧！

疯　子　赶趟，等我说完最要紧的一段儿。四嫂，我跟二嘎子又研究出来：咱们这儿，还得来个公园。二嘎子提议：把金鱼池改作公园，周围种上树，还有游泳池，修上几座亭子，够多么好啊！

娘　子　（出来，换上新衫）别在这儿作梦啦！

四　嫂　也不都是梦。谁想到咱们门口会有了马路，会有了干干净净的厕所，会有了自来水？谁能说这儿就不该有个公园呢！

疯　子　四嫂言之有理！如此，大妈、四嫂、娘子，我就暂且失陪了！（以上均用京剧话白的腔调，走入屋中）

四　嫂　也难怪孩子们爱他，他可真婆婆妈妈的有个趣儿！

娘　子　就别夸他了，跟小孩子一样，越夸越发疯！

〔丁四夹着一身新蓝布裤褂，欢欢喜喜地进来。

丁　四　王大妈，娘子，看新衣裳呕！

〔她们都围上来。大妈以手揉布，看布质好坏；娘子看裤子的长短；四嫂看针钱细不细。

丁　四　（看见了四嫂的新鞋新袜）哼，打下面看哪，还不认识你了呢！

四　嫂　别耍骨头！（提着褂子）穿上，看看长短。

丁　四　（穿）怎样？

娘　子　挺好！挺合身儿！

大　妈　就怕呀，一下水得抽一大块！

丁　四　大妈！您专会说吉祥话儿！

大　妈　不是呀！你们男人要是都会买东西，要我们女人干什么呢？

四　嫂　得啦，管它抽多少呢，反正今天先穿个新鲜劲儿！

大　妈　别怪我说，那可不是过日子的道理呀！你就该去买布，咱们大伙儿给他缝缝；那，一身能当两身穿！

丁　四　可是大妈，您可也有猜不到的事儿。刚才呀，卖衣裳的一张嘴，就要四万五，不打价儿。

娘　子　现在买什么都是言无二价。

丁　四　我把衣裳撂下，跟他聊天。喝，我撒开了一吹：我买这身儿为的是去开大会；我修的沟，我能不去参加落成典礼吗？我又一说：怎么大夏天的，上边晒得流油，下边踩着黑泥，旁边老沟冒着臭气，苍蝇、蚊子落在身上就叮，臭汗一直流到鞋底子上！我还没说完哪，您猜怎么着，他把衣裳塞在我手里，说：拿去，给我四万块钱！不赔五千，赶明儿你填老沟的时候，把我一块儿埋进去！大妈，您想得到这一招吗？

大　妈　哟，那可太便宜了，我也买一身去！

丁　四　大妈，您修过沟吗？

大　妈　对！我再去修沟就更像样儿了！不理你们了，简直地说不到一块儿！（回去作活）

〔二春襟前挂着红绸条——联络员。头上也扎着绸条，从外跑进来。

二　春　四哥，还不快去，你们集合啦！

丁　四　我换上裤子就走！（跑进屋去）

大　妈　二春快来试试衣裳！（提着花短袖给二春穿）

二　春　（试着衣裳）妈，今儿个可热闹了，市长、市委书记还来哪！妈，您去不去呀？

大　妈　不去，我看家！

二　春　还是这样不是？用不着您看家，待会儿有警察来照应着这条街，去，换上新衣裳去！教市长看看您！

娘　子　您就去吧，老太太！龙须沟不会天天有这样的热闹事。

四　嫂　您去！我保驾！

大　妈　好吧！我去！（入室）

四　嫂　戴上您那朵小红石榴花儿！

二　春　娘子，四嫂，得预备一下呀，待一会儿还有报馆的人来访问咱们，也许给咱们照像呢！娘子，人家要问你，对修沟有什么感想，你说什么？

娘　子　什么叫感想啊？

大　妈　（在屋门内）你就别赶碌她啦！越赶她越想不起来啦！

二　春　感想啊，大概就是有什么想头儿。

〔丁四从屋中跑出来。

丁　四　会场上见啦！（跑出去，高兴地唱着——解放区的天……）

娘　子　这么说行不行？一修沟啊，连我的疯爷们都有了事作，我感激政府！

二　春　行！你呢，四嫂？

四　嫂　要问我，我就说：政府要老这么作事呀，龙须沟就快成了大花园啦！可有一样，成了花园，也得让咱们住着！

二　春　别看四嫂，还真能说两句儿呢！你放心，沟臭的时候是咱们住，香的时候也是咱们住！妈！妈！

大　妈　别催我！（出来）这样行了吧？（指衣服）

二　春　（端详妈妈）行啦！人家要问您，您说什么呀？

大　妈　我——

二　春　说什么呀？

大　妈　沟修好了，我可以接姑奶奶啦！

〔大家哈哈大笑。

二　春　您就是这一句呀？

大　妈　见了生人，说不出话来！（突然想起）二春，我可不照像，照一回丢一回魂儿！

二　春　妈，您可真会出故典！

娘　子　我替您，我不怕丢魂儿；把我照了去，也教各处的人见识见识，北京城有个程娘子！我又有了个主意，咱们大家伙儿应当凑点钱，立一块碑，刻上：以前这儿是臭沟，人民政府把它修成了大道！

二　春　这可是好意见，我得告诉赵大爷。咱们得凑钱立这块碑！

四　嫂　对！也教后代子孙知道知道。要凑钱，我捐一斤小米儿！

〔远处有腰鼓声。

二　春　腰鼓队出来了！咱们走吧！

〔二嘎子手执小红旗子飞跑而来。

二　嘎　报！赵队长爷爷到！摆队相迎！

〔赵大爷穿着新衣，胸前佩红绸条，昂然地进来。

二　春　瞧赵大爷哟！简直像总指挥！

赵　老　（笑）小丫头片子！

二　春　赵大爷，您可得预备好了哟，新闻记者一定会访问您！

赵　老　还用你嘱咐，前三天我就预备好喽！

二　春　好，我当记者：（摹拟）您对修沟有什么感想？

赵　老　简单地说，还是详细地说？

二　春　（摹拟）请简单地说吧！

赵　老　这叫五福临门！

二　春　哪五福呢？

赵　老　我们的门前修了暗沟，院后要填平老明沟，一福。前前后后都修上大马路，二福。我们有了自来水，三福。将来，这里成了手工业区，大家有活作，有饭吃，四福。赶明儿个金鱼池改为公园，作完了活儿有个散逛散逛的地方，五福！

二　春
四　嫂
娘　子
大　妈　（与赵老同时）五福！

〔附近邻居，都像院里人一样，换了新衣服，去开会。正经过大门口。一位警察跑进门来，招呼大家。群众有的等在大门外，也有走进院里来的。

〔远处军乐声，腰鼓声。

警　察　开会去喽！快到时候啦！

〔大妈返身要锁自己的房门，四嫂、娘子赶去拦大妈。正拉着她要往外走，疯子由屋中跑出，手里拿着竹板。

疯　子　诸位别忙，先等等儿！我这儿编出来个新词儿，先给你们唱唱试试！

众　人　赞成！唱，唱！

疯　子　听着啊——给诸位，道大喜，人民政府了不起！了不起，修臭沟，上手儿先给咱们穷人修。请诸位，想周全，东单、西四、鼓楼前；还有那，先农坛、五坛八庙、颐和园；要讲修，都得修，为什么先管龙须沟？都只为，这儿脏，这儿臭，政府看着心里真难受！好政府，爱穷人，教咱们干干净净大翻身。修了沟，又修路，好教咱们挺着腰板儿迈大步；迈大步，笑嘻嘻，劳动人民努力又心齐。齐努力，多作工，国泰民安享太平！

众　人　（跟疯子齐声喊）享太平！

〔外边，远处近处都是一片欢呼声："毛主席万岁！"

〔大家随着欢呼声音涌出小院，外边会场上的军乐声起，幕在《青年进行曲》声音中徐徐落下。

——全剧终